ESTÃO MATANDO OS MENINOS

RAIMUNDO CARRERO

ESTÃO MATANDO OS MENINOS

MOSAICO

ILUMINURAS

Copyright © 2020
Raimundo Carrero

Copyright © 2020 desta edição
Editora Iluminuras Ltda.

Capa
Hallina Beltrão

Projeto gráfico
Eder Cardoso/ Iluminuras

Preparação de texto
Jane Pessoa

CIP-BRASIL. CATALOGAÇÃO NA PUBLICAÇÃO
SINDICATO NACIONAL DOS EDITORES DE LIVROS, RJ
C311e

    Carrero, Raimundo, 1947-
      Estão matando os meninos / Raimundo Carrero. - 1. ed. - São Paulo : Iluminuras, 2020.
    128 p. ; 21 cm.

    ISBN 978-6-555-19047-2

    1. Contos brasileiros. I. Título.

20-66149   CDD: 869.3
                          CDU: 82-34(81)

2020
EDITORA ILUMINURAS LTDA.
Rua Inácio Pereira da Rocha, 389
05432-011 - São Paulo - SP - Brasil
Tel. / Fax: 55 11 3031-6161
iluminuras@iluminuras.com.br
www.iluminuras.com.br

SUMÁRIO

ESTÃO MATANDO OS MENINOS

Quarta carta ao mundo

O artesão, 13
Meninos ao alvo, atirar!, 27
Tortura em dia de fome, 41
O país do ódio, 55

Quinta carta ao mundo

A Mula Torta, 69
Dossiê Salatiel, 77

Sexta carta ao mundo

O mausoléu dos nossos amores, 83

Vidas repartidas, 95

Vidas negras importam, 103

As meninas lideram o mundo (bom), 107

Paixão e rejeição, 109

Céu de balas, 115

Judá, a história, 119

Índia noturna, 123

Sobre o autor, 127

Este livro é de Marilena

E dos meus filhos, Rodrigo e Diego

Homenagem a José Castello, Josélia Aguiar e Laura Greenhalgh

ESTÃO MATANDO OS MENINOS

Nas casas pobres as mulheres choravam.
Capitães da Areia, *Jorge Amado*

Que tiro foi esse?
Jojo Maronttinni

QUARTA CARTA AO MUNDO

O ARTESÃO

— Mataram os meninos.

— E daí?

— Apenas os meninos.

— Matar meninos é apenas? É apenas, é?

— E daí?

Encostam-se no balcão. Uma garrafa de cachaça e dois copos, limão e uma piaba, sal e óleo. Um momento. Só um momento em silêncio. Dois nordestinos extraviados.

Ismael, o pai, chorando, quer acertar os pensamentos. Ou parar de pensar. Tenta não pensar, de preferência. Quem diria? Não quer pensar. Pensar cansa e dói muito. O filho assassinado. Rasgado de balas de rifle. Mataram Jorge, meu filho. A voz, não, as vozes, pedras girando na cabeça, ou nos ouvidos? Nos cabelos? Onde ficam os pensamentos? Os pensamentos são na cabeça e nos ouvidos? Não pode, ou uma coisa ou noutra. Fica quieto, para de pensar, devagarzinho, assim: mataram meu menino debaixo de bala. Mataram meu filho Jorge. Soluçando. A gente pensa com a voz que vem de fora? Ou os pensamentos ficam nos cabelos? Então, não pode, nos cabelos, na cabeça, nos ouvidos? Faz de conta que pode pensar e sofrer nos cabelos, na cabeça, nos ouvidos. Pode? A voz está dizendo: estão matando os meninos. Faz figura e repete: estão matando os meninos. Mataram meu filho, Jorge... Os homens chegam atirando e matam. Bebe mais um gole de cachaça...

— Mataram Jorge, meu amigo, sem piedade.

— Assim na chincha? E matam, é? Sem falar, sem briga, sem nada.

— Sim, sem nada...

Puxou um tamborete e fez careta ao tomar o gole de cachaça.

— E pode?

— Atiraram na cabeça?

— Foi sem querer, depois eles disseram... estavam procurando traficante. Dizem e depois repetem, repetem...

— Atiram na cabeça para não perder a bala...

— Agora cuida da alma dele, não sabe, compadre?

— Quem cuida da alma é Deus. Agora eu cuido do corpo... do que resta do corpo. Entende?... Eu só queria que estudasse. Na escola ele aprendia a ser homem...

— Agora vai estudar no céu...

— É um consolo. Mas quero ele aqui do meu lado. Vivinho... E ainda era só um menino...

— Não é de estranhar... Eles só matam meninos... Só os meninos morrem?

— É o que dizem por aí. Só precisa ser menino. E matam. Sem mais: menino. Quer dizer, se for à escola morre mais rápido, Se estudar morre ligeiro... Incrível, não é compadre Beu...?

— Na escola matam logo...

— Basta empurrar o portão da escola e matam.

MATRÍCULA

Os dois ali conversando na brisa da tarde, embora pestilenta e triste. Com gosto de sangue e morte. Ismael se lembra de que em muitas tardes estivera ali traçando uma gelada, enquanto Jorge brincava de carrinho de madeira na areia, o carro que ele mesmo fizera, com seus dedos mágicos de artesão. A tarde se aproximava da noite. Na noite completa, dizia meu filho, com a doçura de quem diz:

— Meu filho, vem cá, vamos pra casa.

Vamos pra casa significava minha garantia, meu porto seguro, que foi para isso que a construiu. Como levou Jorge para a escola pegando na mão e não sabia que estava assinando a pena de morte do menino? Queria ajudá-lo, protegê-lo. O dever de todo pai, não é? Vai que essas coisas acontecem e não queria se culpar.

— A escola é como se fosse uma bandeira rasgada e esfarrapada balançando na entrada com a frase escrita no centro: "É escola, tem menino, mate".

— Escola é uma espécie de passe livre para o crime desses bandidos milicianos. Sem bom dia nem boa tarde e matam.

— Matrícula é sentença de morte.

— Como?

— Quando você assina uma matricula assina A sentença de morte do filho.

— Que coisa horrível!

— Quando você menos espera chega a notícia em casa, mataram fulano. Coisa rápida, você autorizou está autorizado. Fica abestalhado pelos cantos. Não diz nada. O menino morreu sem direito a nada. Sem um ai...

— E pode sorrir?

— Você é doido, menino não tem nada que sorrir, pra que menino quer sorrir? Como? Morre ali mesmo, não dá nem tempo de chorar. Menino não precisa desses luxos, nem choro nem riso. Morre. E pronto. Sabe o que é "e pronto"? Assunto encerrado, sem choro nem vela, assim mesmo, sem choro nem vela.

— E daí?

— Minha mulher não tem mais controle. Chora o tempo todo.

— Mãe é para chorar. Pai também. Amargando a dor no peito. Morte é assim. Basta... E daí? Morte de menino é samba na laje com churrasco e cachaça. Tem quem comemore, é? Com batucada e fé. Você não sabe?

Fé é ingrediente da morte, ou para a morte. Ela falou. Tem muita gente que tem fé, falam assim. Este povo, hein?

Ismael fecha os ouvidos com a palma das mãos. Descobre desalentado que o barulho, os ouvidos, as vozes não veem de fora, estão na alma, encravados no sangue. Precisa morrer, ele também, ele próprio. Ao contrário dos meninos, procurara a morte, com desenho de feras nas paredes. A morte não viera, para os outros indesejada, mas ali perseguida. Acordara, alguém acorda do sono eterno? Para testemunhar a crueldade. A intensa crueldade das balas cruzando os dias para se entrincheirar no corpo dos meninos. Sem ter quem os defenda. Nunca. Escutara. Nem mesmo a lei.

Acordado, percebeu que a mulher dormira envolta no lençol, talvez para não despertar o choro. Jorge agora não estava em casa, nunca mais estaria. Decidiu se levantar e foi descalço para outro quarto. O quarto de trabalho onde pretendia se ocupar com a porta para construir. Afinal, não podia continuar chorando o assassinato do menino. Doía muito. Abriu a garrafa de cachaça com os dentes. Bebeu ali, a bebida escorrendo pelos cantos da boca, caía no ombro, no peito. Nunca esqueceria aquele rosto sangrando. O olho de João atingido. Mesmo no olho, não é assim que se diz? E o sonho dentro do sono. O menino estava entrando na escola... sonhava?, e um tigre escondido atrás do muro pula na direção de Jorge. Quis gritar, cuidado, meu filho. Não gritou. De dentro do tigre saiu um homem com dentes gigantes e arrancou a cabeça da criança, que caiu numa poça de sangue. Só sangue.

Armado de serrote e formão começou a cortar a madeira, o que fez com habilidade e rapidez. Foi aparando tudo direitinho, aparando. E depois lixando, lixando. Com o lápis fez o primeiro esboço: era o filho Jorge crivado de balas encostado numa parede suja de sangue, a boca aberta num grito de socorro e dor, o olho esbugalhado caindo na face, e num canto da porta agora entalhada, um pelotão de homens de capacetes apontando os rifles, que acabaram de usar.

Tudo isso porque as pessoas faziam encomendas ao marceneiro e ao artesão. Sabiam que as portas e janelas seriam transformadas em obras, em talhas, que exibiriam depois com orgulho.

E daí?

Morrem e enterram, quando enterram, depois a lei vai passear nos bares, beber uísque, vodca. Mas a lei cumpre o seu destino. Isso mesmo, a lei dorme nos livros e nos inquéritos. A lei tem sono demais. As vozes vão se repetindo, as vozes. Nem quer saber mais se estão na cabeça, nos ouvidos, nos cabelos, são as palavras que se multiplicam e doem. Sabe o que mais? Na verdade eu nem quero saber da lei. Só se preocupa com a lei quem perde um filho. Lei é depois. Estão matando os meninos. Muitos, demais.

Agora querem até construir cemitérios de gavetas só para meninos assassinados. Na vertical. Dois, três andares. A exposição macabra dos filhos mortos. Não importa mais de onde veem. São ruídos, são palavras, são dores. Tentou afastá-las fechando os ouvidos. Não importa. Não quer ouvir mais. Quer dizer a si mesmo não importa. Sem choro sem risos sem palavras. Tudo luxo.

E daí?

O luxo é dele, Ismael, reclamando o assassinato, perverso e trágico, de um menino, reclamando a morte de um menino, não é luxo demais reclamar a morte de um menino? Tanta mais coisa para reclamar, tanto adulto morrendo, e você vem logo reclamar a morte de um menino? Que é que vale um menino? Diga, diga, assim sem tempo para pensar, se tiver tempo inventa coisa. Inventa. Pai é danado para inventar coisa. Pode dizer inventa, né? Pode até nem ser pai. Só quem sabe é a mãe, dizem. E dizem de todo jeito e de qualquer maneira, coisa mais estranha isso, dizem. Dizem que mãe é mãe, pai talvez, quem sabe. Mas para sentir dor pai serve, não serve? Já não digo para chorar, porque chorar é coisa de mãe, pai grita e berra mas não chora. Quer dizer, homem que é homem vai buscar a lei no muque. Cabrito que é bom não chora. Tou aqui com a minha dor solitária, chorando a morte de menino. Desculpe, não é morte, não, é assassinato.

E daí?

Tem duas coisas que me espantam, cemitério vertical e enterro noturno. Tudo cheio de escuro e dor. Tá certo, tem gente que não tem medo de escuro, eu tenho. É no escuro que vejo meu menino, ele e os outros. Morrendo, os olhos pedindo pai. Me salva, pai. Os olhos grandes, imensos, negros, não diz os olhos pedem, me salva pai. Fecho os olhos para não ver nem dizer. Meu filho, eu quero dizer mas não consigo, não posso fazer nada. É a morte, meu filho. É a morte. E fechei os olhos. Ou seja, fugi. Nada posso, meu filho, só posso mesmo fugir. Então que sou? Um pai que foge é o quê? Não tem outro jeito. Não posso, nada posso.

O que quero dizer é que um pai nada pode contra a morte com arma e bala. E contra seus emissários? Se a morte viesse sozinha, andando pela calçada com a foice na mão, assim despreocupada assoviando, assoviando, distraída, ainda restava uma esperança. Mas não, manda os homens. E contra eles nada pode. Isso não é crueldade? Se viesse sozinha talvez pudesse nos tratar melhor, cara a cara com ela, a gente conversa, deitado no colo, a cabeça descansando num braço, sei que pode, sei que pode ser assim, não é, meu filho? Pedindo deixe pra depois, não está vendo que é meu filho? Mas ela mandou os homens, que chegaram atirando. Esses homens chegam sempre atirando, matando os meninos. Foram lá enfrentar os bandidos e por isso atiraram. Os bandidos não estavam lá, chegaram.

Mataram o menino e sumiram com o corpo. O corpo sumiu, foi? Corpo de menino assassinado pode ser sequestrado. Não sei como é que se diz. Foi assassinado, assim. Simples, não é? Sumiram para o pai não ver. Pai não tem direito de ver o filho nem morto, não é? Pai é inútil. Nada serve.

— Pai de filho assassinado é assim: inútil mesmo. Agora chora, chora, pai só chora e é assim mesmo. Só chora.

— Fique quieto e não diga nada. Fique calado, não reclame, não fale.

— Cadê o corpo do menino?

— Depois lhe digo, depois te aviso. Quando você voltar vai saber.

Saiu caminhando sozinho pela rua. A mão estendida como quem pede uma esmola: você viu meu filho? Sabe quem levou meu filho?

CORPO

— Foi você quem levou o corpo do meu filho? Ah, não sabe? Foi sequestro, foi?

O policial gigante, fardado, ficou de pé parado na porta da casa, da minha casa, é verdade que eu tenho uma casa?, os braços cruzados. A ordem definitiva:

— Não entra ninguém. E para quê? O corpo não está aqui...

— Quem é a autoridade que responde?

— Ah, não tem? Não tem nenhuma autoridade?

— Para que autoridade? Que ingenuidade é essa? Então assuma a autoridade e me responda: foi você quem sequestrou meu filho?

— Você? Me respeite, moleque...quando falar comigo diga assim: senhor. Repita... senhor.

— Senhor...!

— Agora repita de novo...

— Senhor...!

— Quando falar com um policial, aprenda, peça licença e diga senhor...

— Sim, senhor... sim, senhor....

Foi que se deu o caso: chamaram Ismael para reconhecer o filho no necrotério, é ele mas não reconheço. Como? Morto não reconheço. É seu filho e o senhor não reconhece? Só reconheço meu filho vivo. Veja: conheço mas não reconheço. Conheço meu filho vivo, falando coisas, dizendo besteiras, meu filho dizendo besteiras. E o que é que se faz? Só com vida. Só com vida reconheço. Que história é esta de reconhecer? História mais boba. Nem me chame mais que não venho aqui, não tenho tempo para essas coisas. Se chegar lá em casa rindo e bulindo, aí eu reconheço. Este aí não reconheço.

Não sabe como se equilibrou, Ismael não sabe. De repente sentiu a explosão na cara e o mundo retinindo. Tinindo, tinindo.....o mundo tinindo..

— Que é isso, senhor?

— Senhor, não, doutor...

— Agora é doutor. Me respeite.

— Doutor de quê?

— Doutor, só doutor.

— Se não reconhecer seu filho apanha mais.

— Diga assim: reconheço, é meu filho. É Jorge...

— Jorge de quê?

— Repita: Jorge de tal...

— Sim, Jorge de tal... meu filho...

— E se lembre, nunca esqueça: você não apanhou, num sabe?...Quem já se viu não reconhecer um filho?

Ismael foi saindo de costas, devagar. Levou outro tapa, desequilibrado bateu com a cabeça na parede, tonto....

— Você não apanhou aqui, apanhou?... Não seja mentiroso...

— Não, senhor... e eu sou doido de dizer uma mentira dessa....

Saiu devagar, de mansinho e na calçada começou a correr, a correr. Enquanto corria, ouvia a risada do menino Jorge, aquele que brincava com um carrinho no quarto. Sim, aquele, ele reconhecia. Brincando, sorrindo, rindo... O filho...

***

Agora podia chegar em casa... a morte seca.

Tanto tempo só noite, Ismael sabia. Um tempo escuro só escuro e nenhuma voz. Ele tinha dificuldades para contar as horas porque não havia relógio. As mulheres — Joana e Josefa — vieram com ele ao quarto onde se encontrava imagina que havia dias, muitos dias. Entraram, disseram vamos ali e não voltaram mais. Disseram fique em casa, é o vírus, entende? Fique em casa. Recusava-se a pensar que sumiram. Embora não fosse uma palavra de todo imprópria.

Elas saltaram primeiro do carro e entraram na casa imensa, de primeiro andar, cheia de avencas, plantas em ramagens, flores, rosas, uma festa de casa. Ouviu uma delas falar e a outra dizendo: tanto que a gente sonhou, não foi?, compramos e agora vamos morar. Até correu sangue, o nosso sangue para juntar dinheiro, e enfim.

— Vamos, Ismael, vamos ver o seu quartinho. — Quem falou foi aquela que dissera "tanto que a gente sonhou, não foi?", pegando na mão dele e dizendo, os três na entrada do quarto:

— É a sua morada, menino, não vai precisar nem de roupa. — Lá dentro, as duas foram saindo e Josefa dizendo: — Vamos ali. Esta é a sua morada eterna, sabe num sabe? — Passaram a chave.

Agora no escuro de tantos dias — dias? —, Ismael compreendia o que significava sua morada eterna, com fome, com sede, desmaiando, morria, fazia tantos dias e elas não voltavam. Nem trouxeram picolé da rua.

Estão me matando, e eu nem posso reagir, vem, Joana, vem, Josefa, traz um copo d'água. Polícia, ninguém vai me ouvir. Polícia.

Deitado tentava respirar. Nem a tosse seca o socorria. Nem o sol, nem a lua, a vida escorrendo pelos braços, pelas pernas. Ismael morria. Só escuro, só escuro. Por que fizeram isso comigo? Joana e Josefa e Josefa e Joana me mataram. De fome e de sede me mataram. Seco. No escuro, só escuro. Agora vou morrer seco no escuro? Meu Deus, sem comer e sem beber. Por que fizeram isso comigo? Ficar em casa é isso, morrer seco?

MENINOS AO ALVO, ATIRAR!

SINAIS DE VIDA NO CÉU DE SANGUE

Depois da aula de balé, a tarde entrando na noite e as luzes começando a rarear, poucos postes acesos, Emanuelle, pernas tão finas e leves ainda no *Lago dos cisnes*, saía da aula, colocava o pé no estribo do carro, que estalou e ameaçou cair. Ninguém sabe se ela escutou o estampido. Foi ao chão, atingida por um tiro de rifle nas costas, bem no pulmão direito, tia Laura disse a Doroteia, a mãe, abraçadas no terreiro, banhadas de lágrimas e gritos, num confuso e ingênuo mataram minha filha, mataram minha filha. De quem era a filha, afinal? Fui eu que pari, fui eu que criei, como criou? O que é que faço aqui? Emanuelle! Emanuelle!, o berro reverberava na boca sem dentes.

— Quem matou minha filha?

— Os homens!

— Já chegaram atirando, ninguém disse nada, foi bala pra todo lado.

O motorista Anastácio lembra-se de que parou a Kombi ali na porta do bar para recolher a criança e levá-la para casa como todos os dias. Agora só foi à casa de dona Zezé ali àquela hora da noite para receber a mensalidade do transporte. No fundo, não gostava daquilo, não lhe agradava cobrar. A mãe ainda pediu:

— Venha buscar amanhã. O dinheiro ajuda no enterro da menina.

— Eu também preciso, vou levar o pão pros meninos.

Cobro porque é o meu sustento, recriminava-se todas as manhãs, abrindo os olhos insatisfeitos porque recebia cem reais por mês pelo trabalho. Eram seis crianças, sendo Emanuelle a primeira do grupo, que ajudava no aluguel do barraco, enquanto a mulher era balconista na venda, de onde conseguia a feira com ajuda do patrão, que lhe pagava as horas extras com um saco de pão. Aliás, a Kombi era da mulher, comprada com indenização a que teve direito quando saiu do supermercado onde trabalhava havia dez anos. Namoraram dez anos, até quando Marina perdeu a virgindade nos braços sedutores de Cremildo, o galã que ainda usava brilhantina entre sonhos românticos e beijos estalados. Era chamado de Cabeleira entre os amigos carecas, cheios de tatuagens, carregando outro apelido que desagradava Marina, profundamente: Galã dos Motéis. Por que dizem isso de você? É meu vício, querida. Mas eu sou um menino bem-comportado. No mais, só uma cervejinha decente, já fui até coroinha? E o que é coroinha? Menino que ajuda o padre. Mas eu garanto que largo os motéis se você casar comigo. Casar? Você tem cada brincadeira. Está rindo por quê? Porque você acha que é impossível casar, mas está tão perto. Espero.

— Se eu deixar para amanhã, dona Zezé, os meninos morrem hoje.

— Não me fale em mortes.

— Porque os meninos pobres do Brasil, minha amiga, ou morrem de bala ou morrem de fome.

— Esta é a desgraça de nossas vidas.

O carro da funerária chegou para levar o corpo de Emanuelle. A casa inteira se arrebentou num choro. Uma explosão. A pequena bailarina, testemunha de tantas emoções alegres naquela casa de tardes quentes e manhãs sombrias, era levada para o caixãozinho a caminho do cemitério.

Enquanto o caixãozinho era levado para o carro funerário em meio a velas acesas e candelabros, flores e folhas, dona Zezé se mantinha de pé, gritando, a boca aberta, com uma nota de cem reais na mão direita, o braço estendido: não faltou quem dissesse que aquilo era ridículo, a mão amostrada no costume de pedir esmolas. Cremildo afastou-se sem receber a nota, saindo pela porta principal. Tropeçando de costas nas pessoas, assustado, limpava os olhos lacrimejantes com um lenço. Não se voltou sequer para olhar a velha ali, parada em atitude de absoluta desolação.

Andando sozinho e cabisbaixo na noite escura e silenciosa do morro, o motorista não teve coragem de ir buscar a mensalidade dos outros meninos e mergulhou na primeira cerveja que um conhecido lhe ofereceu. Não fica triste, não, galã, não fica triste que todo mundo te conhece e sabe que você agiu certo. Com o inevitável tapinha nas costas.

Sentados num tamborete junto ao balcão, beberam a noite inteira entre confissões e risadas tristes, a ponto de o motorista chorar durante uma gargalhada sufocada pela cerveja que descia pelo nariz, dizendo: Pedi a minha mulher para sair do supermercado quando gente casasse, não tem emprego, ninguém dá emprego a pobre, agora tem que ser doutor. Comprando a Kombi para transporte de passageiros, logo a comunidade pediu que levasse as crianças à escola. Assim foi feito. Ganharia mais, bem mais, tudo bem? Tudo bem. A gente vive fazendo isso. Agora está muito difícil, simplesmente porque pai nenhum vai mais confiar em mim. Esse negócio é sempre muito delicado. E agora?

— Agora eu vou viver sem minha filha. Tanto que sonhei com ela no municipal.

— E ela?

— Com a felicidade, apesar da pobreza... Aliás, eu sempre disse: Esperança, minha filha, esperança é coisa de rico... Espera com dinheiro no bolso. Trabalhe, trabalhe... quando crescer você consegue uma faxina...

— Mas eu quero ser bailarina.

— Com a vassoura na mão. Se alguém empurra, você voa...

— Quem voa com a vassoura na mão é bruxa.

— Assim mesmo, pobre não é bailarina, é bruxa...

— Eu vou ser bailarina, lhe garanto...

— Pode garantir porque a vassoura já tenho aqui.

Depois dessa conversa, dona Zezé se trancou no quarto para rezar pelo futuro da neta, a bailarina. Acendeu a vela no pequeno Santuário. Sentou-se na cama, tirou o rosário do pescoço e, de olhos fechados, via Emanuelle dançando no Corpo de Baile do Municipal, aplaudida por uma multidão. A menina negra voava com a leveza de folha no ar. Via, via e sentia a felicidade na iluminação da face.

Era a hora de comprar o pão quente do café, via no poste da rua o cartaz convidando para o balé negro da cidade. Anjos e bailarinos, destacando a filha de dona Zezé, Emanuelle com o rosto transfigurado num céu de sangue e uma bala de rifle furando o peito. Antes que pudesse limpar as lágrimas começou o tiroteio, a mãe foi encontrada depois com um tiro nas costas que lhe perfurou o coração.

CAOS DE FOGO

Num céu de fogo as labaredas sobem cercadas por nuvens de fumaça cinza e negras. Espalham-se no horizonte e fazem lembrar a destruição de uma cidade transformada em fogueira e ruínas de casas. É um cenário de guerra em que as cidades, os bairros, os lugarejos são reduzidos a escombros, a carcaças de prédios fantasmas. Um subúrbio do Recife povoado por negros operários e meninos rebeldes.

Numa parede próxima, ainda intocada pelo fogo, lia-se uma frase rasgada com formão e martelo: João Vive!... Ele vive!... Ele viverá sempre!... E os gritos se espalhavam pelas ruas, pelas esquinas, pelos becos... "João Vive!"... o grito subia forte para agitar ainda mais em direção às nuvens e às montanhas.

"Quem era João?", perguntavam os jornais... "Quem é João?" Não foram poucos os leitores que reclamaram o tempo verbal...

João Luiz da Conceição nasceu no distrito de Olho d'Água, pertencente à Arcassanta, cidade do sertão de Pernambuco, onde mostrou logo cedo talento para a pintura, embora sem qualquer chance de ter um local onde mostrar seus trabalhos, mesmo de criança iniciante. Passou toda a infância fora da escola — sempre sozinho —, pedindo esmolas pelas ruas, pelas estradas, pelos matos, embora nunca lhe faltassem amigos, que, proibidos pelos pais, o acompanhavam à distância, com olhos de inveja e admiração. Andava com um saco nas costas cheio de livros velhos, lixo, cadernos rasgados e riscados, se àquele amontoado de papéis sujos fosse possível dar o nome de caderno. Estava sempre armado de um carvão firmemente seguro entre o indicador e o polegar, transformado num tipo de pincel, quando precisava agradecer uma esmola. Não precisava de telas nem de painéis — sentava-se na calçada e pintava, mais do que desenhava mesmo, em preto e branco, o perfil do benfeitor. O que, muitas vezes, resultava num prato de comida que ele dividia com os meninos pobres da cidade, espalhados pelas vielas e avenidas. A quem perguntava por que, tão miserável e tão faminto, fazia aquilo, ele respondia com um risinho de piedade, que podia ser interpretado como ironia: "O passarinhos não pode viver sem alpiste". E conhecia aquela oração singela olhai os lírios do campo.

Sozinho pelas calçadas, cultivou outro hábito que lhe valeu o apelido famoso de João dos Aviões, carregado pela vida afora. E por que não João Pintor? Porque não sou pintor, sou artista. João Artista, então. João Artista é impossível, artista é gente nobre, não pode ser.

Mesmo analfabeto, sem nenhuma possibilidade de entrar na escola porque não tinha farda nem sandália — nem podia remotamente comprar —, mostrava delicadíssima sensibilidade, até o dia em que enfeitou os céus da praça principal da cidade com dezenas de aviõezinhos coloridos herdados dos balões da festa de São João deixados pelo fogueteiro, que os buscaria na manhã do dia seguinte. João chegou mais cedo, bem cedo mesmo, e delirou com aquilo que lhe pareceu um presente.

Antes que chegasse o fogueteiro e sua gente, armou-se de tesoura e cola para fazer voar aviões azuis, amarelos, vermelhos, roxos, brancos, verdes, às vezes misturando as cores. Quando a banda filarmônica entrou na praça para a tocata do meio-dia ao som de um dobrado animado em acordes bem fortes, chamado Washington Post, os pequenos aviões, cheios de maravilhas, circulavam a torre da igreja matriz e se espalhavam por sobre as casas, alguns deles fugindo para as serras e montanhas, empurrados pelos ventos. Um espetáculo poucas vezes ou nunca vistos na pequena porém decente cidade de Arcassanta. As pessoas começaram a sair das casas, mesmo que os mais velhos se mantivessem cochilando nas espreguiçadeiras das calçadas, como de hábito. A polícia também chegou, fazendo aquele alarido habitual de sirenes nervosas. O tenente soprou um apito exigindo que a banda parasse de tocar e perguntou em alto e bom som quem podia trazer os balões de volta. A professora se inquietou: ninguém, tenente, ninguém, quem é que pode buscar os balões voando tão alto? Preciso levar os balões para a delegacia, para condenar o culpado. Culpado de quê, tenente, culpado de quê? Os aviões foram feitos com o papel dos balões, seu Quincarlindo deu queixa. Foi um prejuízo imenso. Quem é o ladrão? Quem é o ladrão? Não tem ladrão, não, tenente, o menino só queria alegrar a cidade, a professora falava. Já sei, João dos Aviões enfeitou Arcassanta com a alegria roubada... A praça inteira irrompeu em aplausos... Se o senhor acha que é assim, é assim, continuava a professora. A banda aumentou o som com trombones e trompetes, bombos, surdos e caixas. O tenente aproveitou para dar um tapa na cara de João, que se distraíra observando os aviõezinhos.

— Que é isso, tenente?

O homem já estava chutando o menino com a bota de cano dobrado.

— Ladrão é sempre ladrão, não importa a idade. Quanto menos idade, mais cuspido e apanhado.

A multidão, a princípio, não entendia bem o que estava acontecendo e gritava palavras de ordem. Mas a surra monumental no menino João, construtor de aviões, prosseguia, embaixo de tapas e pontapés, até que começou a pedir:

— Não deixe que ele dê em mim, não, não deixe que ele dê em mim, não.

Os olhos assustados, cheios de lágrimas. Os braços finos tentando aparar as pancadas,o choro na boca:

— Senhor, não bata mais não, senhor. Eu posso fazer o seu retrato.

Levou um chute na boca, ficou com o grito suspenso nos lábios partidos, sangrando. A banda parou de tocar num breve instante. Aquele que deveria ser um silêncio se arrastando na calçada, transformou-se num berro dilacerado:

— O tenente tá batendo em João.

Bater ele batia, ninguém vai negar, mas logo pisou no pescoço do menino com aquela bota pesada, pesada e ficou ali um minuto a fio.

Os corpos se jogando na direção do menino espancado, duramente espancado. Uma câmera registraria mãos encrespadas e braços estendidos, rostos encarquilhados e olhos esbugalhados em busca daquele que pedia ajuda. A face transformada numa pasta de sangue:

— Me ajuda, me ajuda.

A explosão inevitável. Um só estampido. Gritos de revolta e dor. A multidão rebelava-se. Os carros começaram a explodir devorados pelas chamas. Fogo em todos os lugares. Vestidos e paletós queimados. Homens e mulheres jogando as roupas nas labaredas. Meninos e meninas nuas correndo pelas ruas, em busca de João, queriam salvar João. Ninguém sabe dizer de onde vieram, como vieram, quem os trouxe, se já estavam dentro dos carros: coquetéis molotov explodindo em meio ao fogaréu na praça. Chegaram os bombeiros cercando a praça com água, mangueiras imensas. Arcassanta, em geral tão seca, jamais vira tanta água e tanto fogo. Mesmo com a criança ferida e maltratada, queimada, o policial pisou na sua garganta até matar.

PARA O ALTO E PARA O GOL. SEMPRE

Jéssica, cuidando do luxo do corpo, reclamava:

— Já lhe disse pra não procurar formigas, menino. Minha casa não tem formigas, tá pensando que isso é barraco?

— Não estou procurando formigas.

— Então saia daí. Que menino mais trabalhoso.

— Eu quero minha mãe.

— Não está aqui, você sabe muito bem disso. Não se faça de bobo.

— Então eu quero minha bola.

— Sua bola está no lugar de sempre, vá buscar.

Ela, a mulher, não se levantaria para nada. Nem agora, nem depois. Nem nunca. Imagina, largar os luxos para ir buscar bola de menino e, mais do que menino, negro. Se quiser brincar, assuma suas brincadeiras. Reclamava em voz baixa: "Pobre é pobre, negro é negro. Duas coisas intoleráveis". Intolerável, ainda, que um menino negro ficasse brincando no seu apartamento, correndo atrás de bola, bate aqui bate acolá, quebra a vidraça. Não gostava nunca dali: "Menino pobre não brinca, pede esmola". E basta.

— Aqui, não, menino, aqui, não. Vá pro terraço.

Ela não percebeu que ele estava pronto para entrar em campo: chuteira preta. Meiões listrados, calção preto com frisos vermelhos, camisa rubro-negra. O menino havia jogado a bola como quem entra em campo, consagrado pela torcida, para a partida final. Decepcionado, substituiu o sorriso de prazer e glória pela cara de choro. Era como se juiz anulasse um gol legal no último minuto da prorrogação. Gol dele, Zezito, já correndo para a torcida com os braços abertos. Bola embaixo do braço, ele caminhava para o elevador.

— Não, não, não, para o elevador, não, vá já para o terraço.

— Eu ia chamar meu amigo...

— Como é que você quer ter amigos num prédio desse... Se não sabia, fique sabendo agora, este é o edifício Arcassanta, o mais caro e o mais elegante da cidade. Entende? Portanto. Ele não pode ser seu amigo...

—No mínimo é seu patrão. Está entendendo?

— Estou, patrão de calça curta.

— De calça curta mas patrão.

— Agora vá jogar bola.

— Sozinho?

— Sim, sozinho. Organize um torneio.

— Como?

— Mentalmente.

— Mentalmente é só.

— Não tenho mais tempo a perder. Você está me deixando nervosa.

— E eu sozinho.

— Vai, menino, vai.

— Chame minha mãe, vai, menino, vai.

No terraço, Zezito lamentava que era obrigado a jogar sem time e sem torcida. Lastimavelmente só. Chutou na parede com o pé direito, gingou, deu um drible, seguiu para a bandeira do corner, não pôde fazer o cruzamento, deu um drible da vaca no lateral esquerdo e ouviu a consagração da torcida, agora, sim, agora fez o cruzamento, a bola bateu no ombro do zagueiro e desviou do goleiro. Zezito, sozinho, gritou gol e correu para o abraço com o amigo que nem estava ali. Então correu de braços abertos, celebrando. Passou correndo pela sala e pulou, dando aquele murro no ar, solto ao vento. Pulou para o gol e para o alto. Para sempre.

CANTIGA DE NINAR NETINHO

Era um menino, mininozinho nos seus breves oito anos de idade. Tão menino que a mãe lhe chamava Projeto, assim: Projeto de Gente. Quem sabe, um dia seria. Ainda mais, um menino também de nome João, habitante do morro de Ascassanta, filho de João, o Joãozinho mineiro. Tá lembrado? Foi ele, aliás, que numa quermesse se perdeu do pai e da mãe — menino sem pai nem mãe? Que se faz?. Procurou o guarda, bem fardado e engomado, com a pergunta: o senhor viu não por aí, não, um homem e uma mulher sem um meninozinho assim como eu, não?

Disseram ainda no segredo do ouvido, bem ouvidinho, que este João também é primo, no sangue remoto, daquele João, que assim disse à mãe Clarice, metido na seriedade do sem sorriso: Mãe, o mar hoje tá tão ecológico. Por quê, meu filho? Tá tão verdinho. Depois do sorriso quase gargalhada os dois foram de mãos dadas para as águas. Aquela mãe costumava gargalhar com os olhos. Para não fazer barulho, ela dizia, para animar só com o carinho.

Noutro dia, sem sorriso, João entrou no quarto, cedo da manhã para estudar. A mãe, uma dessas mulheres que cozinham sem água e sem comida, para preparar o almoço. Tão cheiroso sem fogão e sem fogo. Pelas tantas, começou o tiroteio. Desta vez com rifle e com bala. Bastava ver.

Tiroteio cerrado com gritos, gemidos, berros. A mãe entrou no quarto para proteger o filho, na verdade neto, o neto. João não é filho nunca, é netinho sempre. A janela estava aberta, sol cinza, e o meninozinho dormindo sobre os livros. Ela passou a mão na cabeça dele e foi quando percebeu que os cabelos estavam banhados de sangue. Morto. Joãozinho sem mãe e sem vida. Suspirou.

TORTURA EM DIA DE FOME

A MÃE

Acordar com fome. Sempre assim. Inevitável. Acordar com fome é quase um hábito, você sabe, não sabe? Talvez um vício. Fome é vício de pobre. Pobre passa tanta fome que acaba se viciando. Os meninos conversavam — Bené, metido em sandálias japonesas, bermuda e camisa limpas, apesar dos botões quebrados — no terreiro. Assim, vício de pobre é passar fome. Dormiam e acordavam de barriga vazia. Enquanto estavam ali, a mãe batia nas panelas sem nada, em busca de alguma coisa que não guardou. Talvez um pão duro de dias, ou de meses. Tão duros e esquecidos que criavam mofo. Sim, pães mofados, sim. Os meninos iam para o terreiro conversar logo de manhã, na expectativa de encontrar uma ideia. Qualquer coisa assim. Pedir esmolas era um caminho, não uma solução. Mas a mãe Maria de Elói dizia, desde cedo ouviam aquelas palavras:

— Filho de mãe honrada não pede esmolas.

— E o que é que se faz?

— Trabalha, meu filho, trabalha.

— E quando não tem trabalho?

— Faz bico, existe por aí, existe.

— Não tem.

— Não me humilhe, meu filho, não me humilhe. Morro de vergonha com um filho meu estendendo a mão. Dói muito, dói demais. Ninguém cria filho para pedir esmola.

— Também me humilha, mãe.

— Não quero ver vocês com a mão estendida, é vergonha demais.

O CEGO

No dia da feira, Benedito saiu cedo, sandália rasgada, calção puído na bunda, camisa de brim sem botões. Andava na feira em meio às miçangas, parava aqui, parava ali, com fome. Enquanto se divertia com panos e roupas expostas à venda, mas apenas enfeitiçando os olhos, esquecia a barriga vazia. Demorava-se em avaliar uma camisa colorida, um sapato de duas cores. Meia azul, meia branca, meia multicor. Não queria, não podia, nem pensar. Tanto tempo ali e não podia fazer nada, não podia comprar. Nem queria, se pudesse compraria comida. Já não diz comida, talvez um pão. Ainda que fosse apenas uma banda de pão. Mãos no bolso, recomeçou a andar. Devagar, sim, bem devagar, os olhos enriquecidos pelos chapéus, lenços, blusas, tecidos, tapetes, saias rendadas. Até que viu o ceguinho tocando fole na calçada do armazém, sentado no meio- -fio, as correias do fole nos ombros, cantava:

Deixaste de ser mãe
Para ser mulher da rua.

Mas a maior descoberta do menino foi perceber que as pessoas jogavam moedas e até cédulas na bacia sem que ele pedisse. Isso quer dizer: não precisava estender a mão, não humilharia a mãe nem ficaria humilhado, bastava acompanhar o ceguinho, aquilo era uma forma de pedir esmolas. Levou um susto de surpresa, agradecido. As pessoas não davam esmolas, pagavam o show. Podia fazer isso também, pedir cantando. Talvez acompanhar o ceguinho. Mas como, se nem o conhecia. De longe, sentado na outra calçada, observava tudo direitinho. Não, não podia ceder à tentação de levar a bacia. Isso não se faz, decidiu logo. Não existe maior humilhação do que roubar. Quem rouba humilha a si mesmo, ainda escutava a voz da mãe, ali batendo as panelas vazias. Fica de cara no chão mesmo diante do espelho. Não merecia isso, de forma alguma. Ainda ouvia dela: Então se aproximou do homem cantando aquela canção de mulher que preferia ser mulher da rua. Seriamente, Bené pensava que nem sabia o que é mulher da rua. Sabia, sim, sabia o que era mãe, aquela que nunca se pintava e apenas perfumava o cabelo pixaim — diziam que aquilo era cabelo pixaim — com óleo de pequi. Pixaim era um modo de dizer, e ele acreditava, não ia ficar discutindo por uma coisa tão boba, uma coisa tão pequena. O que preocupa mesmo é a fome. E dele que deve cuidar. Enfim, se aproxima do ceguinho:

— O senhor quer ajuda?

— Que tipo de ajuda?

— Por que não tem quem olhe seu dinheiro?

— O menino que me ajuda faltou hoje; não é desonestidade, não? Ele não falta sempre, não. Só de vez enquanto ele falta.

— Mas não devia porque recebe para isso.

O PAI

Estava se decidindo a ser os olhos do cego, avaliando a convivência com ele, sentia fome. Voltaram a se falar, mas de vez enquando ouvia o tilintar de uma moeda caindo na bacia. Foi quando viu o pai bêbado passar. Aquilo é que se chamava humilhação e desrespeito à vida — o pai bêbado, se arrastando pelas calçadas, esculhambado pelas pessoas, apanhado e escarnecido, até voltar para casa, para se espojar na areia fofa, suja e quente do quintal da casa mínima, um porco vagabundo, até chorar, chorar muito, derrotado pela falta do trabalho e pela fome dos filhos, sem falar na mulher que se debatia em dores de viver.

O pai, conhecido por Elói, costumava se embriagar logo de manhã cedo, até levar uma tapa na cara sem reação, um homem imensamente humilhado. Os homens jogavam dominó na calçada do bar, sobretudo nos dias de feira, gritavam, insultavam-se, berravam e Elói ali parado, já bêbado, de cócoras, encostado à parede, até que um dos jogadores perguntava:

— Ei, Elói, não vai dizer nada, não?

— Dizer o quê?

— Não está vendo que a gente está brigando?

— E eu com isso?

Aí o homem ia até ele e lhe metia um tapa seco na cara. E o bêbado, embora sentado no chão, embolava chorando, deitando-se, as mãos no rosto, e gritava: "Ó meu Deus, todo dia dão um tapa em mim". Em casa, a mulher perguntava: "E por que você não reage?". "Por que se eu reagir apanho assim mesmo. E ainda tenho o trabalho de reagir." Mas pelo menos reaja, não é? Os seus filhos já estão ficando desmoralizados. Foi se acostumando. Outro dia, um menino achou que Bené era igual ao pai e foi dar um tapa nele. Os dois se agarraram até correr sangue. Ninguém mais quer espancar seu filho. "Pois comigo é diferente. Sou um homem de paz." "É nada, você é safado." Maria viu, então, um brilho estranho no olhar de Elói, que se aproximou num repente e lhe deu um tapa no rosto. A reação foi imediata: sacou outro tapa nele. Novamente Elói escondeu o rosto nas mãos, chorando. "Isso é pra você aprender que com mulher não se brinca." Dali ele saiu na busca do bar onde os homens jogavam. Podia ser que naquele dia não apanhasse, afinal a mulher já lhe dera o tapa do dia.

— Eu sou filho de Maria de Elói.

— Filho de Maria e de Elói?

— Sim, quer ou não quer ajuda?

— Que pergunta mais besta.

— O senhor quer?

— Que mal lhe pergunte: Você sabe o que é ajudar um ceguinho?

— Fico vigiando o dinheiro pra ninguém mexer.

— Nem é só isso, não, meu filho.

— E que mais?

— Você vai ser os meus olhos...

— Como uma pessoa pode ser os olhos da outra?

— Nós dois seguramos no cajado e você vai orientando, evitando os piores caminhos e indicando os melhores.

— Ah, o senhor quer dizer, guia de cego.

— Isso mesmo.

— E por que não disse antes?

— Porque pensei que você já sabia.

— E então?

— Vamos trabalhar.

Sentou-se ali no meio-fio, perto do homem. Não demorou muito o cego puxou o fole e começou a tocar a valsa cinco letras que choram. Não foi sem inquietação que perguntou?

— Quem está tocando esse pandeiro?

— Sou eu, ceguinho, sou eu, seu ajudante.

— Onde foi que você aprendeu?

— Não aprendi. Estou aprendendo.

— Está meio atrapalhado, mas tem ritmo.

Ficaram ali durante a manhã entre xotes, guarânias, valsas, boleros, baiões, até que resolveram fazer uma pausa, enquanto Bené sonhava com o bom almoço que substituiria também o café. Lamentava não ter ali o irmão Sevé, a quem serviria, com prazer, um copo de leite com pão assado na manteiga. A exibição juntara muita gente, homens, mulheres, meninos, meninas, não se resumindo apenas a aplausos: também jogavam moedas e cédulas na bacia. Não era apenas um pedido de esmola, era também um espetáculo, numa cidade onde faltava tudo. Sim, faltava tudo em Arcassanta, com exceção de um velho cinema que se arrastava em preto e branco, mesmo com a frágil, monótona e chata Sissi, a Imperatriz.

Ainda com fome — chega a duvidar, tivera fome mesmo? —, achava que a música, o pandeiro e os aplausos recompunham as forças, sendo capazes de lhe ensinar como é possível viver para a justiça e para o bem.

O FIM DE FEIRA

Mas o que lhe causou mesmo inquietação foi descobrir que o ceguinho guardava uma sacola de pano branco com pães com uma garrafa d'água num caixote ao meio-fio. Será que pensa que o cego sou eu? É bem capaz, em Arcassanta tudo pode acontecer. Não ia roubá-lo, mas esperou pacientemente pelo almoço. Viu passar o meio-dia, chegar as duas da tarde e nada de almoço. Entre uma música e outra, o cego agradecia o almoço com um sorriso e movimentos de cabeça, comia um pedaço do pão que rasgava nos dentes, bebia um copo d'água e já puxava o fole novamente. "Este velho canalha num vai nem oferecer comida?"

— E o almoço, ceguinho?

— Perto de quem trabalha e longe de quem come, meu filho.

Balançou a cabeça dizendo sim, isso mesmo, e já apanhava do pandeiro cantando:

Arranjou uma aliança e agora
É afinal madame fulana de tal.

Era, para Bené, uma desdita esta de tocar pandeiro na feira em troca de um prato de comida que não seria servido. Muitas vezes errava a posição da mão e a parte baixa do polegar batia na madeira do pandeiro, provocando uma dor fina e prolongada, não menor do que o chute na canela que o cego lhe dava a modo de advertência. É que o pequeno erro alterava o ritmo. Sempre que os feirantes ficavam insatisfeitos faziam uuuuuuuuuuuu, para desgosto do velho, ainda enchendo a barriga com o pão dormido. No fim da tarde encerrou a exibição, colocou o fole num saco, fez o mesmo com o pandeiro e ameaçou se retirar. O menino se revoltou:

— Ei, ceguinho, o senhor não vai me pagar?

— Trabalhar pra pobre, meu filho, é pedir esmola pra dois.

— Trabalhei o dia inteiro.

— Por isso mesmo.

Àquela hora da tarde o sol começava a morrer, tingindo as nuvens de vermelho intenso e de amarelo agonia, derramando-se como uma vida que começa a morrer na sombra de um dia que se despede entre gemidos e soluços. Bené caminha à frente do ceguinho disputando um lugar na paisagem, já agora não apenas triste, mas desolada.

Os dois estavam de cabeça baixa, mas o menino sempre que podia lançava olhares para o fim da feira, onde as pessoas desmontavam as barracas, agora só esqueletos de ripas, madeiras que lembravam mãos e braços, quase garras, em busca de ajuda e de alívio, a lama de restos de comida jogada no chão. O velho arrastava o fole numa música que mexia com os pensamentos da criança, fascinada por aquela visão de desmonte e de despedida, o dia se desmanchando como um sonho que não se realiza. Ao ouvir latidos e grunhidos de cachorros, ele sabia que ali se disputava restos de feira como se disputa a vida, realizada naquilo que ela tem de mais dramático e mais inquietante. Caminhar na feira nesse momento era imensamente doloroso, e cada centímetro de calçada estava marcada pela desgraça humana. Um feirante, na verdade uma sombra naquele mundo de indefinições, sem retoques, sem alvuras, deu-lhe uma batata que ele não esperava alcançar. Levou-a para o jantar, tanto tempo não se realizava.

Neste fim de feira, cansado e faminto, o menino vê surgir o pai bêbado tentando caminhar, na verdade equilibrando-se, quase um fantasma para o filho que teme vê-lo espancado. Teme, sim, teme que a porção de tapa diária na cara aconteça ali, epílogo de um dia tão agitado. Invejava o cego, que não podia ver este momento. Tinha sorte, o velho tinha uma grande sorte. O pai sentou-se na outra calçada, quase deitado, tinha o hábito de se deitar onde estava, e ele passou sem ser notado. Na verdade, pôde ver, assim de relance, quando o rato foi lhe roer as sandálias.

Andando sozinho, voltou para casa com o sonho de rever no caminho as barracas e miçangas para a venda de fitas, lenços, camisas, saias, saiotes, toalhas, colorido. Mas agora estava tudo cinza, muito cinza, variando do negro para o azul, do azul para o negro, enfim. Teria que se acostumar com aquela monotonia, toda ela melancólica e triste. Acha que o pai não foi espancado porque as pessoas ali eram apenas sombras. Escorregou numa casca de banana e caiu sentado num chão de lama com restos de melancia, laranjas, bananas, mangas, tudo podre e molhado, restos sujos de feira. Imitou o pai e, chorando, deitou-se na lavagem juntando com as mãos o que podia, jogando na boca e fingindo comer, mais lama de esgoto, de frutos esmagados, restos cuspidos e pisados, a gosma vermelha descendo pelos cantos dos lábios. Tirou a roupa e jogou-se nu naquele mar de sujeira, chorando. Chorando e soluçando alto, aquilo lhe parecia gargalhadas. De uma alegra cheia de dor. Ainda assim era observado por cachorros, porcos e ratazanas que se lambuzavam na lama de esgoto e frutos podres.

A PALMATÓRIA

Chegou em casa. Não era bem uma casa, mas um casebre de taipa, construído à beira de um riacho, onde, em vez de água, havia uma lama suja e fétida. Entrou quase se escondendo porque a mãe estava naquilo que devia ser uma cozinha. Ela nem percebeu a sujeira — ele inteiramente molhado de lama, terra e lavagem, sem sandálias. Perdeu as sandálias no banho de frutos podres. Sevé, o irmão, ainda ausente, sem dúvida comendo restos lamacentos de feira. Os cabelos pingando e certo de que não cometera nem sequer um desatino. Humilhado, a seu modo humilhado, mas não desonesto. Bené entregou a batata à mãe:

— De onde você roubou isso.

— Não roubei, o feirante que me deu.

— Ninguém dá nada a ninguém, meu filho, neste mundo de meu Deus ninguém dá nada ninguém.

— Ele me deu, estou lhe dizendo...

— Não basta que seu pai faça a gente passar vergonha?

— Nem me fale nisso.

— Basta dizer que roubou.

— Se você não me disser, vou lhe dar uma palmada e ainda por cima não vai jantar. Quer saber? Me dê a mão.

— A senhora não acredita em mim? A senhora não acredita?

Corria pelo terreiro tentando se livrar. Não bata em mim, não. Não venha, não, não venha, não. Se vier eu lhe dou uma porrada. Por que não vai bater no bêbado. Ele que está acostumado.

Estendeu a mão e a mulher bateu muito forte, bem forte, porque tinha uma enorme força física. Ele puxou a mão e gritou. A velha pediu para ele não puxar a mão, para não desobedecer. Bené suspirou fundo e ensaiou um gemido. Ela insistiu, insistiu e bateu e bateu. Os cabelos caíram-lhe nos ombros. E ele gritava não, mãe, não, pare com isso. À medida que batia, a mulher alterava a face, mudava os olhos, mordia os lábios. O menino se ajoelhou e o bêbado apareceu com isso:

— Você vai matar ele. Pare, pare...

Bené segurava as duas mãos, uma na outra, esmagando os dedos, ou o que lhe restava de dedos, apenas uma pasta de sangue, quebrados e descarnados, expostos.

O pai se aproximou:

— Hoje foi seu dia, meu filho, não foi?

Soluços, soluços.

O PAÍS DO ÓDIO

Amélia acordou. Abriu os olhos. Estava escuro. Moveu a cabeça sobre o travesseiro. E respirou fundo, cada vez mais fundo. Estranhava o cheiro de querosene. Não era o cheiro que sentia todos os dias ouvindo o chocalho das reses, raras reses. Moveu o braço direito cuidadosamente, não podia fazer barulho. Ninguém podia suspeitar; ela estava acordada. Com medo, prendeu a respiração. O peito subia e descia com dificuldade. Que estavam fazendo? O cheiro comum do amanhecer era de milho seco, havia até um quarto com o milho ensacado. Coisa pouca do sacrifício do pai, apenas para o consumo caseiro, só.

Deve esperar o sol ou sair correndo? Quem sabe ir ao quarto onde a mãe dorme sozinha na cama grande, desde que o marido fora assassinado? Agora já não era mais apenas o cheiro, mexiam-se lá fora, alguém se mexia, conversando. Mais de uma pessoa. Se aproveitasse aquele instante em que as vozes se arrastavam no escuro podia descer da cama, sair do quarto e deitar-se com a mãe. As duas juntas seria melhor. Escutou tosse, mais uma tosse. Seria possível fugir? E a mãe? Ela suportaria correr? Talvez sair correndo para o quintal. Imóvel, os olhos de um lado a outro no quarto escuro.

O choro na garganta. A menina evitava chorar para não despertar a atenção. Ela sabia disso, mas a lembrança do assassinato do pai lhe revolveu o coração e teve que fechar o ouvido com a mão direita para não se arrebentar num soluço. Nem havia lenço, e ela apertou o molambo que se fazia de cobertor. De alguma forma, devia acordar a mãe. Os homens estavam aprontando e o melhor seria chamá-la.

O pai vivera para amá-las, ela se lembra bem. Lembra mais ainda de como era o amanhecer. Ele estava ali perto, quase sempre no quarto: Levante-se, Amelinha, vá pro terreiro. Não, agora não. A mãe queria que fosse ajudá-la na cozinha. Não, menina é pra brincar, não é pra trabalhar, venha comigo. Também foi assim no dia em que ele foi assassinado. Os bandidos chegaram cedinho. Como agora, disseram se levante, homem. Ele se levantou e foi logo pedindo: Não me mate na frente de minha filha. Deixe de ser covarde, Isso não é covardia, é zelo. Já estava dominado.

Um deles segurava o pai pelo pescoço e o outro passava a faca na coxa, como se estivesse afiando. Impressionava, e muito, a frieza da mãe implorando: Apenas vamos acabar com isso, o que tiver de ser, será. Matem logo o homem, mas não o maltratem. O pai respirava descompassadamente e suava, suava muito. A camisa empapada de suor. Tremia o queixo mas não era de medo, nem de frio. A menina acreditava sinceramente que ele estava com raiva. Com muita raiva. E não com ódio. Ódio era uma coisa que o pai não alimentava. O que também não era bom, gostaria que o pai respondesse com a mesma força. Era assim o pai, não odiava, capaz de muitas valentias não odiava, distinguia muito bem uma coisa da outra. Mas agora, agora mesmo, neste mesmo instante, preferia que o pai odiasse. A mãe foi arrastada aos gritos para o terreiro, e, mesmo assim, conseguiu fugir. Ela, Amélia, pensou em se vingar com a faca do almoço. Nem conseguiu pensar, levou um tapa na cabeça e se ajoelhou. Ainda nem dera um passo no terreiro. Viveria a vida inteira para esquecer aquele grito rouco, forte, arrepiante. O pai fora atingido de morte no coração. A última imagem daquele homem: caído numa poça de sangue, a boca aberta num grito, a face transtornada, a morte. Ela estava prestes a se derramar em lágrimas, mas as pernas arriaram. Seria a voz do bandido, aquela voz?

Você sabe por que está morrendo, não sabe? Você é negro, negro é safado, negro merece morrer sangrando, nem precisa fazer raiva, basta a cor.

Quando acordou o mundo estava oco, só de instante a instante os grilos cantavam. A mãe veio se arrastando e colocou as mãos nos seus olhos, não veja, minha filha, não veja. Vou chamar os tios para enterrar seu pai.

Ei, menina, nós vamos voltar, tudo bem? Tão cedo, não esperava que a volta fosse tão cedo.

De cócoras sobre a cama e depois no chão, saiu do quarto, bateu no ombro da mãe: Mãe, voltaram para matar a gente. Acordada, ela pediu: Fique calma, a gente vai sair, quando vieram? Chegaram faz tempo e espalharam querosene. Eles querem queimar a casa com a gente dentro, a mãe disse. Não fale, mãe, eles podem ouvir. Já ouviram, minha filha. Programaram a fuga e só estavam esperando a hora chegar. A hora? Que hora? Então vamos fugir. Espere um pouco Não vamos levar nada? E o que é que a gente tem?

Já estavam saindo pelos fundos quando escutaram o barulho da porta da frente arrombada.

— Negra, filha da puta.

— Corra, minha filha, corra, não olhe para trás.

Saíram para o quintal, a princípio de mãos dadas, até que se soltaram e cada uma ganhou o seu destino. Ouviram os tiros nas costas.

— Pega a negrinha... pega a negrinha...

— Aiiii... me acuda, meu Deus...

O grito é da mãe, com certeza. Amelinha sentiu uma tristeza vertiginosa enquanto corria, se aquilo se pode chamar correr. Enganchando-se nos galhos secos, rasgando o vestido, tropeçando, caindo, avançando. E gritando, até que entendeu que os gritos atraiam a atenção dos perseguidores. Queria se sentar e chorar. E chorar. Mas agora era preciso correr, acelerar as passadas, mudando de ritmo e de direção, sempre mudando de direção. Chorava. Não chore. Atrapalha.

Não se controlou, não conseguiu se controlar. A mãe pediu, ainda ouviu aquele fiapo de voz. Parou. Olhou para trás. Não tinha esquecido de procurar a mãe. Escutou um barulho imenso, uma explosão. Agora vê a casa queimando, a casa pegando fogo, as labaredas subindo por todos os lados. Não, não voltara para apagar o fogo, ainda pensou. Voltou a andar de costas para a casa. De longe, protegida pelas ramagens secas, esturricadas, conseguia andar sem ser vista, tão pequena e tão magra. Olhava por cima o ombro. Talvez com indiferença. Quem sabe?

Seu rosto tinha alguma coisa de indiferente. Parado, distante, quieto. Aos nove anos um rosto cheio de rugas, sobretudo na testa, essa forte testa vincada, e as sobrancelhas destacando um olhar vigoroso, embora triste, feito essas mulheres que não sabem onde esconder o sofrimento, que muitas vezes se revela nas pupilas.

Via, olho via: A casa de taipa ardia. Uma fogueira de labaredas intensas e densas, levantando-se para o alto e para o além, cuspindo fogo com avidez numa mistura de vermelho, amarelo, azul, expelindo uma fumaça negra ou cinzenta que se espalhava. Não pode deixar de exclamar no seu silêncio aflitivo. É tão bonito! E continuou a andar, a andar, principalmente quando se lembrou nesse susto de lembrança que ela e a mãe deviam estar ali dentro, as duas abraçadas ou gritando, transformadas em tições. Gemendo e chorando neste vale de lágrimas. E andava e andava. Amelinha andava na sua solidão.

— A menina, a menina!

Aí decidiu azeitar as pernas e correu, e correu. Aquilo era uma advertência para que se cuidasse, porque estava sendo procurada. Não lhe é fácil prosseguir, embora conheça o terreno palmo a palmo. Não com essa dor, não com esse sofrimento, não com essas lágrimas. Quando perguntou ao pai porque estavam sendo tão caçados, às vezes apedrejados na praça, ele respondeu seco e direto:

— Porque somos negros, minha filha, porque somos negros.

— E ninguém faz nada?

— Só precisam da gente na escravidão.

— A oficial, aquela que está no papel. Rasgou não vale nada.

— Por que rasgaram?

— Por que é uma lei.

— Lei não presta?

— Presta, mas é lei. A lei não presta, minha filha, a lei não presta quando não corre no sangue. Se não corre no sangue, é só papel, entendeu?

— Entender mesmo, não entendi. Mas se é assim, entendo.

Podia se esconder por ali, podia, mas não era possível. Logo, logo a encontrariam. Voava, as coxas batendo uma na outra, e quase se chocando nas árvores. Avançava. Arranhava-se nas pedras, cortava-se, sangrava. Não conhecia senão a dor, o sofrimento, a vida negra, negra e magra, impossível. Amelinha sangrava, sangrava. Amelinha sangrava sempre.

Nem percebeu que já avistava Arcassanta, de longe. Era o mesmo conjunto de casas, quintais, ruas, avultando a torre da igreja, e, em certos momentos, até mesmo o Cristo Redentor, a que a cidade e toda a sua gente reverenciava. Diminuiu a corrida, logo transformada em passadas largas. Com muito esforço, controlando a respiração, tudo com pressa, com muita pressa mudava o caminho, seguindo uma trilha não muito costumeira, para se proteger numa cerca, uma área de mato fechado.

Agora quase andava, até que mais à frente estava Arcassanta. Já passando por trás do colégio, depois de atravessar a serra do Cruzeiro, precisava caminhar um pouco mais para entrar na avenida larga e longa.

Descalça, os pés ardiam, ardiam muito, mas queria mesmo era se proteger. Procurava alguns lugares que lhe pareciam mais seguros, mas não queria se lembrar da mãe atacada a tiros, aquela mulher correndo pelo terreiro com os braços levantados, gritando meu Deus, me acuda, meu Deus, me acuda, diante da casa em chamas, enlouquecida. Possivelmente enlouquecida.

Enquanto caminhava, agora sempre caminhando, o corpo relaxava e vinha a vontade de chorar. Naquele choro de soluço com lágrimas, limpava o rosto com as mãos, com os dedos sujos, que depois passava na saia, enxugando.

Distraída, entrou na avenida — seria mesmo uma avenida? Aquilo era o que se chamava uma avenida? — longa, larga, ensolarada, muito ensolarada, e percebeu ser proibitivo andar ali porque se expunha demais, era apenas uma menina ensolarada caminhando exposta, como ficam expostas as pedras e as ruas.

Decidiu mudar e entrou no primeiro beco, esquivando-se e escondendo-se, não podia se dar ao luxo de caminhar descompromissada pela rua ou pela calçada, o compadre Zuza estava a caminho e bastava que atirasse de qualquer lugar. Logo compadre Zuza que o pai admirava tanto. E, vendo bem, essa Amelinha apavorada era afilhada do compadre Zuza. O pai dizia sempre em conversas com a mulher na cozinha: Compadre Zuza é um homem sério, grande trabalhador. Sobretudo quando comunicou à mulher, sinhá Dolores, que ia convidá-lo para padrinho de Amelinha. Por quê? Ele nem é tão nosso amigo assim? A mulher estava perguntando encostada no balcão da cozinha, o cotovelo encostado na mão esquerda, bebendo café.

Porque é um homem justo, um homem de bem. Morro de medo desses homens de bem. Por quê? Porque os homens de bem só são homens de bem conforme as conveniências.

Era difícil, constatava. Era difícil, mas necessário. Subir ali no muro se amparando no cano. Subindo no muro. Passava de um quintal a outro. Ei, menina, que é que você está fazendo aí? Mesmo assim passava. Assustada mas passava. Arranhava a blusa, sujava a blusa, rasgava a blusa, mas passava. O que é que essa negra quer? O homem estava gritando, de pé, no terraço da casa. Está fugindo de quê? Antes que ele viesse, pulou para o outro lado. Correu. No meio do mato rasteiro mantinha a pressa, onde os porcos roncavam e as galinhas bicavam. Aproveita o silêncio. Pensa que é uma trégua da perseguição. Encosta-se no muro e ouve a bala perfurar a parede. Treme de medo, muito medo. Até porque imaginava que merecia uma trégua. De cócoras, anda de cócoras com a palma da mão direita amparando-se na terra avermelhada, suja com bosta de galinha, de porco e, com certeza, de bode, animais que andam soltos nessas terras.

Entra numa moita e corre sem velocidade, sobretudo porque a saia ficou enganchada no arame farpado. Mesmo assim devia sair rápido dali.

Depois da capoeira descobre um pequeno descampado e dispara, dispara numa só carreira, não esquecendo de permanecer abaixada, já com as pequenas pernas exaustas, quase paralisadas pela dor e pelo medo. Um medo quase aniquilante. Despoja-se no chão, bate com o queixo na terra, e fica de pé, fica rapidamente de pé, ou não inteiramente de pé, porque precisa se proteger, e protegendo-se chegou ao outro lado do descampado.

É assim que, finalmente chega à feira da cebola e se mistura no meio das pessoas, das miçangas e das barracas.

Segue como se nada estivesse acontecendo, e logo é interrompida por um homem que lhe segura no braço:

— Onde pensa que vai, mocinha?

Balança o corpo e se esquiva. Não quer falar, não pode falar, até porque não sabe o que falar. Solta-se e corre por entre as pessoas, bate que bate, bate aqui, bate acolá, chora agora, chora com raiva. Deseja sumir. Entra embaixo de uma barraca, esconde-se no meio dos tecidos, panos coloridos, sacos, sacolas. E se pergunta se deve ficar ali mesmo. É o que pretende, pelo menos. Ouve vozes, muitas vozes, vozes de feiras, e espera conhecer uma delas, talvez a do compadre Zuza.

Amelinha saiu. Vestiu uma roupa que escolhera antes, atrapalhando-se, confundindo-se. Colou o grande chapéu de feltro. Chegou à calçada.

Ninguém desconfiou daquela senhora baixinha que caminhava mancando, sandálias frouxas, o chapéu imenso protegendo o rosto. Nem mesmo os bêbados que passavam o dia bebendo no bar da esquina, mostrando as pessoas que passavam. Os bêbados não reconhecem a beleza.

QUINTA CARTA AO MUNDO

A MULA TORTA

Às vezes ele é a mula;
às vezes a mula é ele.

Seria apenas um palhaço chamado El Tonto, nome que lhe deram os donos do circo, mas quando chegou no morro de Arcassanta, extraviado e faminto, montado numa besta seca mancando duma perna, ganhou novo apelido Mula Torta. Com o slogan que ninguém nunca mais lhe tirou, às vezes ele é a mula, às vezes a mula é ele. Encantados com aquele animal subindo e descendo ladeira, parando para tomar um goró na primeira birosca, o rosto ainda pintado como se tivesse acabado de sair da função circense, os meninos gritam nas ruas. Só mais um palhaço no mundo. E o palhaço o que é?

É o marqueteiro do circo, está entendendo, não está? Sim, estou, mas não foi para isso que me preparei. Se preparou? Você se preparou como? Me preparei para ser o palhaço Barba Azul, o gostoso do pedaço. Ah, é, uma espécie de Zé Bonitinho? Um pouco mais, um pouco mais, além de belo, o amante quente. Mas eu não quero ser palhaço só aqui, não, muito pelo contrário, quero ser um palhaço animado, criativo, bem-comportado. Aí a porca torce o rabo. Por quê? Eu não sei o que é uma pessoa bem-comportada, deve ser muito, muito chato. E o que você quer ser então? Quero ser palhaço, não quero ser levado a sério enquanto trabalho. Está bem.

A conversa que teve com o dono do circo durou pouco porque na mesma noite entrou no picadeiro montando um cavalo alazão, que o dono tomou de empréstimo em alguma fazenda. Por que o cavalo? Porque todo palhaço precisa de um elemento que provoque riso logo na entrada. Além do mais você vai se chamar El Tonto, que lembra o nome de um personagem famoso, ajudante de Roy Rogers. Não é um índio? E você acha que vou humilhar os índios no meu circo? Aqui o tonto é você mesmo, um homem comum que é tonto. Seu nome de palhaço representa o que você é na vida. Agradeço muito a homenagem. O espetáculo era marcante: a zabumba tocava, as luzes se apagavam e El Tonto, conforme anunciava o locutor, demorando-se no tooonto, entrava no picadeiro com a cara pintada, uma boca gargalhando, e ele gritando yooooooooooo rinte. No meio do picadeiro o cavalo parava e relinchava bem alto, coisa de segundos, mas a lona mambembe do circo tremia e ameaçava cair. Em seguida, a mulher do palhaço entrava, também vestida de palhaço, com uma espécie de rolo de madeira nas mãos, gritando e batendo nele: Já pra casa, Tonto, lugar de palhaço é em casa. Zispa, zispa. O que é que você quer que eu faça? Quero que você seja o homem da casa. E a plateia É! Vai para casa, Tonto, vai pra casa, Tonto. Eu nem sabia que tinha uma casa. É tonto, Tonto...Volta a apanhar da mulher... corre no picadeiro e atira beijos à mulher, que bate, bate, bate... Ele sobe no cavalo e dispara... A mulher se ajoelha e grita... Abandonada outra vez, abandonada... abandonada sempre...

Por tudo isso, El tonto era enviado na frente do grupo pra preparar o próximo lugar onde o circo faria temporada. Em Arcassanta deixou de ser El Tonto para se chamar Mula Torta por causa de uma égua que usava para viajar e que trabalhava no picadeiro com ele por muitas temporadas, na falta de coisa melhor.

Entrou em Arcassanta num sábado à tarde, depois de enfrentar subidas e abismos, estradas mal construídas entre pedras e terras, porque seria impossível subir por ruas e ladeiras, mais confortável, é verdade, mesmo que difícil e complicado para uma égua. Quer dizer, a égua não era El Tonto, mas o triste animal que lhe servia de montaria e que o ajudava nas viagens e no picadeiro. Não aquele possante animal do princípio, Ventania, que se machucou, isto é, quebrou uma perna e foi substituído por essa égua, comprada na feira de animais do Arruda. Magra, pequena e triste mas disposta a trabalhar o tempo todo. Por isso foi escolhida para levar El Tonto para anunciar o circo à frente do grupo. Em geral, um dia antes.

Na subida encontrou dificuldades, sobretudo aquilo que chamavam de tiroteio entre policiais e traficantes, certamente milicianos traficantes: os mesmos contra os mesmos, os milicianos eram traficantes, e os traficantes eram milicianos. Procurou se proteger; o tempo inteiro procurou, mesmo que tenha sido advertido pelos donos do circo, e até recebera a trajetória mais segura, o caminho a seguir. Olha, seguro, seguro não é, mas tem gente preparada, mesmo quando você estiver sozinho, não estará. Mesmo assim já conversamos e tratamos tudo direitinho com as lideranças, e você não será incomodado. Isso aqui é definitivo? Definitivo ali não tem nada. E a polícia? A polícia não incomoda nem está no varal? Já disse, velho, os mesmos. Naquilo tudo ninguém sabe quem é polícia, traficante ou miliciano. Tudo misturado. Não fique espantado com isso. Nem pense em estranhar. Enquanto você sobe ninguém vai atacar. Toda vez que sobe um artista eles fazem acordo. Ninguém ataca, ninguém defende, ninguém compra, ninguém vende, compreendeu? E em troca? Em troca só os meninos morrem. Isso significa o quê? Isso significa que entre um de nós e o menino, morra o menino. Só morre menino. Não é para matar menino. Mas se houver dúvida, se houver risco, apaga o menino e pronto. Eu não gosto disso. Fecha os olhos e atira. Combate é combate. O acordo é este e ninguém desmancha. Quem disse isso? Ele não sabe, ele soube.

Não pense nem em piedade nem em compaixão. Atira e está atirado, depois a gente resolve. Aqui ninguém tem piedade nem compaixão, alguém disse. E quando alguém diz, vira lei e pronto. Leis são leis. Você vai discutir com a lei? Não é uma questão de lei, é uma questão de negócio. Onde tem negócio não tem lei. Ah, é? Ah, é.

Mula Torta — Mula Torta ou El Tonto? — sobe a encosta íngreme, faz uma curva pelas plantas baixas, de galhos secos, com poucas folhas, e segue, segue sempre, até que percebe, de alguma forma reconfortado, cansado mas reconfortado, a entrada da vila. Entra na vila e tira a corneta da bagagem. Toca, toca, toca. Um toque marcial, sem ritmo. Apenas um toque de chegada. São os meninos, justamente os meninos que aparecem. Em algazarra se aproximam e gritam: O palhaço! Pulam nas calçadas, aplaudem, se abraçam, dançam, nem sabem que vão morrer. E a pergunta repetitiva, tradicional: o palhaço o que é? Só os meninos respondem, enquanto os adultos vão saindo de casa, e até mulheres com véus.

Não era difícil ver agora homens de rifles cruzados no peito fazendo uma espécie de vigilância informal que não o surpreendia. Nenhum policiamento de verdade, e apenas esses homens andando de um lado para outro, como se estivesse no pátio de palácio presidencial de país latino-americano.

Nesse palco de guerra, e naquele que lhe pareceu o melhor terreno, anunciou a chegada do circo Verdamarelo, com trapezistas, malabaristas, domadores sem animais, lindas mulheres, mágicos, ciganos, palhaços, a começar por ele, histórias de amor, tudo belo, tudo belo, tudo belo e animado, dizendo tudo aquilo com a boca num cone de papelão, sentado no torso da égua que mancava, mancava, e gritava: o palhaço o que é?

A meninada, marcada com uma cruz de cinza na testa, respondia aos gritos, trocando empurrões, saltando de um lado a outro, promovendo algazarra, risos e piadas. Era assim desde que o caminhão chegou trazendo o circo, com empanada, panos, palcos, cordas, cordões, um mundo de coisas coloridas, trapézios, balanços, alambrados, cadeiras, poltronas e até um gato chamado macaco, que atuava também como um macaco. Era o macaco Escritório.

Foi assim que nasceu o primeiro grupo de assassinos. Escritório. Desaparecido depois que seus integrantes foram facilmente identificados. Algo que não fora previsto, porque todos atuam muito juntos, na maior promiscuidade — ou seja, milicianos com traficantes, e traficantes com milicianos, até que veio a intriga interna. Eles brigando com eles mesmos. Principalmente no sistemático ataque a meninos. Sem responsabilidade, sem qualquer responsabilidade.

Quem disse isso foi Alvarenga, o palhaço Zambeta. Matar é sem responsabilidade mesmo. Mata-se de qualquer jeito e pronto. Em certo sentido, as mortes eram sempre de responsabilidade dos palhaços, que chefiavam as facções. Sabe o que é facção, não sabe?

Assim, naquele dia a facção Vitória — formada por milicianos — descobriu que a facção Poder — formada por traficantes — ia receber um carregamento de cigarros contrabandeados. Como souberam? O palhaço Mula Torta entrou no picadeiro montado na égua em velocidade, chegou ao picadeiro, no centro do picadeiro, tropeçou em si mesma, levantou o focinho relinchando, enquanto ele cantava no alto-falante de papel: Quer fumar? Quer fumar? E os meninos respondiam: O cigarro vai chegar, o cigarro vai chegar. Na plateia o chefe Kada — na verdade o apelido completo era Kadafi, mas na intimidade era chamado apenas de Kadafi, outras vezes de Ka — compreendeu e pediu a um auxiliar que investigasse. Tentou interceptar a carga, interceptou e atacou o grupo inimigo, já quase com os cigarros na mão. Mas era hora da saída da escola e tiveram que matar Daniel. Na verdade, o menino não estava exposto, repassava em casa na escrivaninha do quarto uma série de lições. Repassava anotações quando a bala o atingiu na nuca. Daniel não lutava, Daniel não batalhava, Daniel não guerreava. Daniel estudava. Era um menino estudando. E estudar é crime? Nesta terra é.

Mas não pararam a guerra pelo cigarro contrabandeado por causa do assassinato de Daniel. Por causa do trucidamento de Jorge. Pouco importa. Um carro da polícia apareceu no desacampado despejando balas e balas. Enquanto a mãe se debatia e chorava, os grupos bateram em retirada. O chefe Kada levou o seu grupo com o caminhão para uma estrada onde havia um terreno cercado de árvores altas e muitas folhas, muitas, como se tivesse sido preparado para isso. Foram atacados pelos policiais, até que um miliciano deu uma descarga de metralhadora para o alto, gritando a plenos pulmões: para, para. Foi feito um acordo. O que é isso? Irmão matando irmão? Emissários enviados de um lado a outro. Guerra encerrada. Logo depois serviram cerveja em taças e pacotes de cigarro, que passaram de mão em mão.

Na saída foram atacados pelo outro grupo, e mataram a menina que saía da aula de balé, Emanuelle Victória. O que surpreendeu, no entanto, foi encontrar o palhaço Mula Torta dizendo no megafone, na noite do mesmo dia, que as mortes dos meninos foram por acaso, porque todo mundo morre. É o destino de todos nós. Assim, assim.

DOSSIÊ SALATIEL

Acordava cedo, muito cedo, ainda sem luzes no quarto. Isto é, abria os olhos, procurando um mínimo de claridade. Tudo escuro. Ficava deitado na rede, as mãos na nunca. Balançando um pouco, só um pouco, escutava os ruídos dos animais, e no terreno ao lado, um porco roncava, a galinha cocoricava no segredo da manhã, que nem era manhã, madrugada, agora sim, madrugada ensaiando para a manhã.

Salatiel sabia disso, não precisava estar ali, no quintal, muito menos no terreno baldio. Como sabia? Porque era o subúrbio de Arcassanta, nos arredores do Recife, tão subúrbio como todos os outros subúrbios neste mundo de meu Deus, ele pensava. E ao lado, quase embaixo de um juazeiro, a igreja católica de madeira, aonde o padre vinha de oito em oito dias, sempre aos domingos, para missa, confissão e comunhão.

Casas em linha ou em fila com um terreno baldio entre uma e outra, quase todas com quintal, e sempre, sempre o esgoto passando na frente. Era o que eles chamavam de Comunidade dos Dourados, por causa de uma árvore ali que exibia folhas brilhantes, quase se pode dizer fosforescentes, sobretudo quando o sol batia e liberava um dourado intenso.

Por isso ele conhecia, desde muito menino, os terrenos baldios, os esgotos, conviveu com os esgotos antes de engatinhar, e os quintais, nem sempre quintais, com porcos sujos de lama e galinhas se movendo de um lado a outro, bicando o chão, espojando-se na terra. Batendo as asas, batendo as asas, cacarejando...

Era daquele cenário que estava se lembrando, os olhos fechados, as mãos na nuca, balançando-se, balançando-se... Teria que se banhar e sair para o trabalho, sem café. Gostaria tanto de um café, mas já estava acostumado. Habituado à fome. Passou tempos inteiros sem reclamar porque achava que era assim com todas as famílias. Mesmo os animais bebiam e comiam nos esgotos. As galinhas disputavam espaço com os porcos e os bodes.

Preparou-se para sair, finalmente, porque não podia alimentar preguiça. Algo que não se alimenta, de forma alguma. Abriu o bolso e exibiu, ali no seu segredo, o passe estudantil plastificado que conseguira com tanto empenho e luta. Uma campanha difícil, liderada por ele em conversas com as autoridades, movimentos internos nas escolas e greve, pelo menos duas greve de dois meses cada. De pé no quarto, trocou o calção pela bermuda. Não sem trabalho. Pelo contrário, com muito trabalho, caindo e voltando a ficar de pé. Sem cueca, para que um rapaz daquele precisava de cueca? Vestiu a camisa e já estava pronto para sair, com as mesmas havaianas quebradas e cortadas. Ainda não muito disposto. Reunindo coragem e esforço. Carregava, no entanto, uma velha pasta de coro que ganhara, fazia anos, na escola, quando venceu um concurso de oratória.

Na sala encontrou os pais conversando de pé. A mesa estava ali sem nada, sem toalha. Feito desconhecidos, não deu bom dia, não precisava desses luxos.

Andando, chegou na Estação Arcassanta, onde tomaria o trem para o centro do Recife. A passagem lhe fora entregue pelo Diretório Estudantil da Escola Felipe Roberto C. de Barros, onde cursava a quinta série. Aliás, presidira o diretório por dois períodos, onde liderara uma árdua campanha para que o governo distribuísse passagens gratuitas para os estudantes da rede estadual, sobretudo para aqueles em estado de miséria absoluta.

Durante a viagem, sentado num banco da segunda classe lá atrás, abriu a velhíssima pasta de couro, de onde tirou um jornal mais velho ainda, que guardava ali para não esquecer nunca que a vida de um verdadeiro cidadão começa com a leitura das notícias — ainda que houvesse agora outros meios eletrônicos —, para conhecer a face mais cruel do dia.

Nunca se sentira um líder, mesmo um pobre líder estudantil, de uma escola miserável — até porque não existe líder pobre ou rico, existe apenas um líder —, mas não se furtara à obrigação de defender os pobres iguais a ele que queriam estudar e estudar. Quando percebeu que não havia ninguém à frente da reivindicação, tornou-se uma liderança, muito bem-disposto.

Enquanto o trem avançava, fingia ler e ler, inflamando-se com as notícias atrasadas. Fingir é uma maneira de dizer, porque já sabia o que estava escrito. Quando atingiu a Estação Betsabá, viu que os meninos e as meninas fardados saudaram o trem por onde passariam a andar de graça por uma questão de justiça. Sentiu o estômago esfriar, os nervos tremerem, e um maravilhoso sentimento de liberdade.

Muitas meninas entraram no vagão, e muitas delas o abraçaram. Quando tentou falar com elas, sentiu uma dor nas costas, ficou com a boca aberta como se quisesse falar sozinho.

O trem avançava e já estava chegando à Estação Central. Muitos meninos estavam ali e cantavam e aplaudiam. Começaram os fogos e balões subindo, com a inscrição: Viva o passe estudantil. Até uma fanfarra tocava. Um barulho ensurdecedor, belo e festivo. Discursos inflamados, sirenes, muitas sirenes. Salatiel começou a chorar. Mas não teve tempo sequer de chorar. Tossiu. Fazia tempo procurava o ar nos pulmões. As forças sumiram do corpo. Era uma vitória, uma vitória.

SEXTA CARTA AO MUNDO

O MAUSOLÉU DOS NOSSOS AMORES

Eram os mesmos ritmos. Os quadris moviam-se lentos, sensuais. Sentia-se arrebatada do chão e jogada para o alto, o corpo leve, enquanto escutava sem querer, mesmo sem querer, não estava preparada para aquilo, e os pés já se mexiam. Na sala de aula a professora falava, o que ela dizia nunca quis saber. Nem agora nem nunca nem jamais. Os ouvidos, sim, os ouvidos nos toques, no ritmo, nos movimentos. Os quadris, os quadris.

A professora falava e falava, mas ela se distraía desenhando o rosto do namorado com o lápis de grafite negro. Desde o começo da aula. Duas aulas por noite. O tempo de muitas aulas. Era assim o namorado ou aquilo que ela imaginava ser o namorado? Só conheceria o rosto quando o desenho ficasse pronto. Boca? Se perguntou. Como é a boca? Uma imagem, ela sabe, uma imagem vinha-lhe do passado tentando se revelar no tempo. Do passado real ou do passado sonhado? A boca que era uma sombra se fazendo no papel de cartolina.

O lápis desenhava sozinho, por assim dizer, sozinho. Ela desenhava sem olhar, sem ver. Bastava sonhar e aquilo ia se fazendo. Sem medir, sem ângulos, o lápis escorrendo, indo e vindo, lá e cá. Não permitia que a professora se aproximasse para saber o que era. Não queria nunca dizer estou desenhando. Mas desenhando o quê?, teria de dizer. Não diria, não.

Parecia-lhe sempre interessante ou fugidio, ela própria questionando por que desenhava em busca da imagem. Não sabia exatamente o que fazer, nem olhava, a cabeça levantada, os olhos distantes, cristalinos e doces, desenhava. Os dedos movendo-se, ela procurava a imagem. O que ela queria? Que tipo de imagem? Ideal? Sem isso, sem imagem ideal. Não lhe interessava, desejava o rosto do amor. O que saísse, o que surgisse. Então era aquilo.

E agora se mexia. Muito levemente. No puro sabor do ritmo. Discreta. Solitária, sempre solitária.

Era um maracatu...

Desde cedo procurava o rosto do namorado no desenho. Não exatamente o namorado vivo, em carne osso. Mas você não tem namorado, ou tem? Como é ele? Não sei, saberemos quando eu terminar. Mantinha os olhos para o alto. E os dedos segurando o lápis à procura da imagem.

Sem falar, a respiração desajeitada no peito fez Isolda se levantar, caminhando na direção que o ouvido pedia. Podia estar sorrindo, esse sorriso abobalhado de quem descobre o sorriso que encantava os lábios, os finos lábios de uma mulher que conhecera o amor. Amor de lábios molhados e mãos escorrendo na face. O amor particular, solitário.

Agora sabia o que estava acontecendo. Parecia uma das figuras tomadas pelo espírito que caminha autômato na calçada. Não conhecia ninguém, nem reconhecia. Os olhos brilhosos. Atendia o chamado do destino. E já estava na quadra, a imensa quadra do recreio e dos jogos onde o Balé das Gentes do Recife ensaiava. Eram tão jovens e tão belos exercitando a dança, o caboclinho, pouca roupa de índio, corpo pintado, cabeças e cocares, cabelos. As mais lindas meninas do Recife.

Então Isolda parou perto, bem perto, assim como faziam as outras pessoas, de braços cruzados, a alma sacudida, alma alada. Era ali que devia permanecer sempre, até que uma menina, daquelas pintadas, veio e enlaçou-a pela cintura: Venha, venha com a gente, ela disse. Não é uma exibição, é um ensaio, venha, e já sentia a dança subindo pelo ventre. Eu não vou incomodar, não tenho idade para isso.

Não precisa de idade, como é seu nome?, pois é dona Isolda, não precisa idade, basta querer. Ela fez que sabia, mexeu as pernas, e sabia mesmo, a dança entrava no corpo, passava pela pele, escorria no sangue e em algum lugar secreto encontrava a alma. Pronto, estava conquistada. Feito frevo de Antônio Maria. E conquistada definitivamente, os ombros em movimentos, os pés em asas, não podia parar, nunca mais. Fique aqui, assuma essa posição entre as meninas e repita o que elas fazem, você entendeu, não entendeu? Depois vá com elas trocar de roupa, o dançarino falando e falando. Impressionante, você nunca dançou antes, mas dança tão bem. Sim, assim. Nem conhecia bem o barulho do arco e flexa, a flauta tocando, tocando. Primeiro a flauta de bambu, depois o flautim, os sons aflitivos e agudos.

Vocês são tão simpáticos, agradáveis e me fazem sonhar. A senhora não está sonhando, já conhecia nosso grupo? Quer dizer, nos sonhos. Como é que digo? Sim, sonhando. Desde o Carnaval eu saía de casa, correndo, só para ver vocês bailando, não é assim que se diz, não é? Bailando, é mesmo o sentimento de dança, não é assim?

O que é preciso para bailar? Vontade, minha senhora, vontade, tem gente que apelida de vocação, mas é vontade mesmo, sem sofisticar. Faça o que os pés mandam e está resolvido. Na juventude nunca dançou nada? Sempre bailei na frente do espelho, sempre. Sem música? Com a música interior, minha filha, o coração é uma orquestra finíssima. Basta mover os pés e já está bailando. Aliás, os pés se movem pelo coração. Sorria, e sorria de um jeito ingênuo que não podia esconder. Como? Sim, quero. O homenzinho exibia uma caixa com o material do caboclinho para exibição. Então comprou tudo: tanga, sutiã, cocar, flecha, para se transformar numa bailarina de verdade. Pagou e saiu ainda sorrindo.

Fique em casa. Ela garante que nunca antes lera a placa iluminada que agora via ali na saída da escola. Grande, enorme, majestosa. Mais do que uma placa, uma ordem veemente. O que significava aquilo? Nunca recebera ordem tão vigorosa, sem interjeição, seguiu dirigindo em marcha lenta, sobrevoando os buracos da rua. E seguindo, e seguindo, arrumando a saia e a anágua, que não dificultavam os movimentos das pernas, o pé direito no acelerador sem esforço, o pé não convocava esforço, apenas ficava ali como se estivesse cochilando.

Achava tão interessante dirigir um carro, com o pé lerdo no acelerador.

E o desenho? Nunca mais viu o desenho. Era só uma esperança de boca.

Fique em casa, nunca se sentira tão agredida por uma ordem, sem que pudesse nem mesmo respirar, sobretudo agora que a ordem era uma nova placa, tipo outdoor, instalada em frente do prédio. De repente, era capaz de nem mesmo entrar. Na entrada do prédio o porteiro mascarado — enlouqueceu, coitado, enlouqueceu e pensa que é o Zorro. Sozinho, segurava uma faixa branca com as duas mãos, as palavras pretas e a ordem grosseira: Fique em casa. Fique em casa. Quem lhe dizia aquilo com tanta ênfase? Deus, Napoleão ou o Zorro? Tudo bem, quer enlouquecer, enlouqueça, mas Zorro é um pouco demais. Parou o carro, desceu, vou falar com ele. Não se aproxime, fique aí. Está sem máscara? Pronto, agora quer que eu seja Zorro também. Entre, dona Isolda, entre e não saia até que eu te avise: pode sair. Se quiser comprar alguma coisa, basta me entregar o dinheiro. Que é que está havendo? Entre, dona Isolda, entre, a senhora é muito frágil, é melhor se prevenir. Fique em casa. E lave as mãos. No elevador, viu a ordem no quadro de avisos. Fique em casa. Que horror. Nem pede mais, dá ordem.

Que Zorro mais autoritário. Ainda quis reclamar com o síndico. Talvez fosse melhor adverti-lo sobre a loucura do porteiro. Evitaria, sem dúvida, alguma contrariedade. Não gostava de intrigas no prédio; outro qualquer podia se irritar. Havia notícias até de crimes no bairro. Se fosse necessário, tomaria alguma providência depois. Por enquanto bastaria o silêncio do apartamento cruzado com as vozes distantes do aparelho de televisão, que tanto, tanto lhe fizera companhia.

Irritava-se com a contrariedade, incrível, logo naquela noite em que passara de alguma maneira a integrar o Balé das Gentes do Recife, o porteiro enlouquecia. Interrompera um sonho de tantos anos. Um sonho de tantos, tantos anos, aliás, um sonho da vida inteira, talvez desde aquele tempo em que seduzira Espinoza, el pintor bufo, na infância solitária e triste. Espinoza era um artista de muitas qualidades, um brinde de beleza, o bigode fino pintado a lápis, as sobrancelhas tensas e negras, o boné sempre na cabeça, ar de toureiro aventuroso. Anarquista e afrontoso, fugitivo e rebelde. El pintor de paredes, as melhores paredes, pintava órgãos sexuais, enormes nas paredes de cujos donos não gostava.

Sempre assim, Isolda lembra, sempre, quando os donos reclamavam: Minha casa não é cabaré, Espinoza logo alegava: Deixa, deixa que fique assim, as pessoas vão sempre dizer aquela é uma casa do carajo, e não estão mentindo, estão?

Naquele instante, e naquele exato instante, lamentou que Espinoza não estivesse vivo para pintar paredes e placas onde pudesse substituir a ordem grosseira, fique em casa, por aqueles desenho agressivos que gostava de pintar.

Não precisava relembrar, a saudade vinha chegando, era a menina meninazinha de El pintor, ele dizia assim, os lábios roçando na orelha, menina meninazinha, as mãos escorrendo el corpo, nos peitinhos ainda sem mamilos, só manchas, o hálito de espanhol sem ser espanhol, fingimento, na carícia na voz menina meninazinha. Amaram-se no tempo das casas velhas, dois corpos desiguais e belos.

O balé, sim, o balé era Espinoza, el bigode. Ele sequestrara Isolda, menina de poco años para viverem retirados num sonho de casa velha de taipa, portas e janelas caindo, os buracos no chão da sala, e um cheiro renitente de roupas sujas escondidas pelos cantos.

Contrariadíssima, chegou ao apartamento onde morava sozinha. Ligou a tevê antes mesmo do banho. Escutou as palavras cruéis, deu duas voltas na chave da porta, lacrou janelas, fechou tudo. No banho sentiu a leveza do balé, o acarinhado das águas, a solidão das paredes frias. E o medo crescendo no corpo, se avolumando no coração atormentado, o escuro na mente e a convicção de que, naquele dia em que conheceu o voo da alma, seria obrigada a permanecer trancada na casa, sem abraços, apertos de mão, afetos, carinhos; aturdida e inviolável, um pássaro sem árvores e sem montanhas, a vida lhe negava o encanto dos sonhos para sempre e para sempre. O apartamento transformado em mausoléu, relicário de lembranças e saudades. Agora não era apenas a menina meninazinha que amara el pintor de escândalos, el bigode,era um risco para a humanidade.

No quarto, embora não fosse costume, vestiu sutiã e calcinha, colocou a máscara e as luvas, usou um quase cinto de castidade. E meias e meias, e meias. Ainda assim, atleta, calçou a sandalhinha de couro, baixa, sem salto, tiras cruzadas sobre os pés.

Não sairia mais às ruas, nem dançaria o seu balé popular.

Cuidaria agora do jantar. Apenas o pão untado na manteiga e chá. Duas xícaras de chá de cidreira sem açúcar. Teve o zelo de colocar a tolha branca de linho sobre a mesa, pôs o chá no bule — a garrafa térmica dava-lhe sempre a convicção de não cuidar bem da bebida, não mantinha sequer o calor —, e só começou a comer depois de desligar a tevê, com a companhia barulhenta de um som confuso. Sentia e gostava do chá, sem colocar o cotovelo na mesa. Cotovelo na mesa tinha alguma coisa de tristeza. Porque colocaria a mão no queixo e assumiria, sem dúvida, um retrato de uma velha triste entregue ao abandono. Depois de morder o pão, deixava o chá circulando na boca, sem mastigar. E aos poucos, muito lentamente, mastigava, só depois engolindo. De repente, ficou preocupada com a demora que, com certeza, lhe tiraria o apetite. Continuou sem pressa, mastigando, mastigando, até a conclusão. Uma refeição tão pequena e tão frugal que não lhe permitia qualquer pressa. Terminou de comer, cruzou os talheres, colocou a mão no queixo, hábito antigo, o cotovelo na mesa. Recolheu a louça à pia, disposta a recuperar os movimentos de alegria. Balançava a cabeça, negativamente. Chegara a hora da dor. Agora, o sono. Na frente da espreguiçadeira soltou os cabelos, passou óleo no rosto, limpeza pura. Estava pronta.

Acordou com o telefone fixo tocando. Quem se lembraria dela àquela hora? Estremunhava quando atendeu, a voz masculina se misturava num som confuso. Dizia ou tentava dizer:

— A sua hora vai chegar.

Enquanto pensava quem é, quem é, a ligação foi desfeita. Apenas o som de bip, bip. Ah, não ia se preocupar com uma inutilidade daquela. Depois do almoço, e enquanto se preparava para o repouso, ouviu a voz anônima se repetir ao telefone. Aproveitou para ligar para uma amiga.

— Que chatice é essa, hein, meu bem?

— Minha única diversão é atender ligação anônima.

— Que hora é essa que vai chegar? A hora do amor, meu bem.

— E se for a hora da morte?

— Na próxima ligação vou tirar a dúvida.

— Pergunte direitinho, tudo bem?

— Não tenho tempo de perguntar, a voz masculina desliga logo, na hora.

— Não fique agitada, tremendo, não fique nervosa.

— Vou tentar, vou tentar. E o que está achando desse isolamento?

— É o mesmo que viver no mausoléu em vida, ainda mais ouvindo voz de homem sussurrando no ouvindo, meu bem.

— Depois de morta é que o homem me procura, meu bem.

— Ô Isolda, pare com esse negócio de dizer meu bem, meu bem, onde você aprendeu essa antipatia?

— É o jeito de falar, meu bem, aprendi no mausoléu a ficar mais carinhosa, mais afetiva...

— Você aprende cada mania... depois de morta...?

— Sim, vivo agora num mausoléu, não posso sair, não posso beijar, não posso abraçar.

— Antigamente se chamava morta-viva...

— Tá, então até mais tarde.

— Agora é viva-morta.

Isolda cuidou de si mesma, passando o lenço no telefone.

Na verdade, usava máscara até para falar ao telefone. Depois lavou as mãos com muito, muito sabonete...

Ainda com as mãos molhadas, o telefone fixo tocou outra vez.

— A sua hora vai chegar — escutou a voz dizendo.

Desligou imediatamente e lamentou que aquilo estivesse acontecendo, justo no momento em que mais precisava de tranquilidade. Foi à sala e mal se deitou no sofá, tocou o interfone. Teria que se levantar novamente.

— Sim... pode dizer.. Foi engano? Ia ligar para o 502 e errou? Tudo bem, vou desligar.

Voltou ao sofá, fazendo as unhas. Dessa vez foi o Whatsapp que tocou. Deitada, enfim, viu que não tinha foto. Desligou. Agora a campainha do apartamento tocou.

— Estranho, as visitas estão proibidas.

Abre o portão. O porteiro está no saguão, de pé...

— Alguém destruiu as suas rosas.

De fato, o pequeno jardim estava destruído, as plantas machucadas, as rosas esfareladas.

Foi a mesma pessoa do telefone. Do telefone? Que telefone? Um homem com uma voz rouca e confusa...

Fechou a porta e passou a chave. Distraiu-se com o aquário. Gostava muito daquilo. A delicadeza do único peixe nadando sutil, sem pressa, mas tão rápido naquela elegância de quem conhece e domina a beleza. Os lábios levemente se abrindo num sorriso. Ela caminha para o banheiro, como se houvesse uma melodia se arrastando pelo corredor, os pés leves de bailarina. Antes do chuveiro, tirou a roupa. Agora inteiramente nua. O primeiro golpe foi nas costas. Desejou ver o aquário e nadar com o peixe. Voltando-se, parece ter visto a sombra do porteiro.

VIDAS REPARTIDAS

Não apenas caminhou, deslizou em direção à cozinha, convencido de que estava sozinho, escondendo-se, parando um pouco aqui e ali, num breve tempo. Edgar sentia-se mesmo sozinho desde que começara aquela maluquice. A doença misteriosa que chegava pela saliva. Ou pelo suor. Pelo mínimo contato físico. Foi o chefe quem lhe disse: Fique em casa. Só voltamos a trabalhar quando não houver mais risco. Agora, lhe bastaria um café, ainda que fosse apenas um cafezinho. Antes, tão rápido, abriu o refrigerador. Alguma coisa lembrando o arrastar de chinelo fez com que se escondesse entre o armário e o interfone. Murchou a barriga, quase lhe tirando o fôlego. Larissa também tinha sede? Se pudesse, pararia de respirar, para não ser denunciado pela própria respiração. O pior, sim, o pior era a coceira na garganta.

Talvez fosse conveniente alugar uma quitinete em bairro distante, mas seria impossível viver com Larissa num apartamento, respirando o mesmo ar, bebendo a mesma água, dormindo na mesma cama, usando o mesmo banheiro, de forma alguma. Insuportável essa convivência de noites e dias. E havia o cheiro. O ódio não suporta cheiros. No carro ligava o rádio e ouvia entrevistas de autoridades sem saber o que fazer. Somente o que lhe parecia óbvio demais: ficar em casa, lavar e lavar e lavar as mãos, ora, por que não tomava banho logo, usar luvas. E o inútil pânico dos empresários.

— O que você está fazendo, amor?

— Estou procurando uma quitinete, coração.

— Vai morar só?

— Pelo menos enquanto passa esta praga...

— E por que não me leva?

— Quero ter paz agora...

— De que paz você fala...?

— Antes de sair, leve suas sujeiras.

Larissa levanta-se e desaparece no pequeno corredor do apartamento não muito maior do que uma quitinete. Ele aproveita para limpar as quinquilharias diárias. Papéis, cinzeiros, cigarros, cadernos e lápis espalhados. Ela volta à sala para mostrar a roupa íntima que segura com repulsa nos dedos da mão.

— Esta cueca suja está no banheiro há três dias.

— Parece que seus olhos não estão bem, querida. Isso é uma calcinha.

— Ah, desculpa.

— Não está lembrada que compramos várias peças unissex quando resolvemos morar juntos?

— Desde então você veste minhas cuecas, meu amor.

— Esse negócio de unissex é confuso.

— Por isso você me espancou, perguntando aos gritos com quem eu estava saindo, não foi, Larissa? Gritava, gritava: safado, cretino, moleque sem-vergonha.

— Sim...

— Me acordou com uma surra de cinto. Não ficou calma nem quando lhe expliquei.

— E continua sem explicar. Pensa que acreditei naquela enrolada...?

— Mas, afinal, de quem é essa roupa imunda...

— Se for calcinha é sua, se for cueca é minha...

— É sua.

— É sua.

— Sabe de uma coisa? Vá morar só, Edgard, mas cuidado para não andar de calcinha por aí...

— Não se anda de calcinha por aí, veste-se para dormir.

— Depois vem dizer que não tem amante...

— Não foi o que disse...

— Sim, foi o que disse... agora suma, você e sua calcinha indecente.

— Faço até um acordo, você dorme de cueca e eu durmo de calcinha.

— Desistiu da quitinete?

— Estou preocupado com o aluguel da quitinete. É um custo a mais e não estou preparado para isso. Pensando bem é melhor te aturar.

— Sim, mas ainda não concordei.

— Não pense que é amor, é economia. Eu te aguento e não pago um novo aluguel. Gasto menos, não é?

— Você que inventou isso. Agora vem com essa história de economia. Pra viver comigo tem que gastar muito.

— Então continuamos juntos?

— Sim, ficamos aqui: dividimos o apartamento, você fica com a sala e o banheiro social; eu ocupo a suíte.

— E a cozinha?

— A cozinha é área comum para uso individual. Um só ocupa depois que o outro tiver saído. Não faz comida e não demora. Ninguém fala com ninguém.

— E a comida?

— Pedimos pelo delivery.

— Parece razoável.

— Com uma exigência ainda: cada um escolhe sua comida. Nunca uma só para os dois.

Terminada a conversa, Edgard recolheu-se à suíte, e Larissa, só na sala, sentiu, apesar do sutil sorriso irônico nos olhos, a solidão derramando-se no sangue, nas paredes e nas janelas. Moveu-se com lentidão até o sofá, onde atirou o corpo certa de que aquela seria sua vida dali para a frente. Não deixou de rir, jogando os longos cabelos para trás, ao se lembrar dessa breve conversa com o marido. Curiosa, olhou, de repente, as paredes em torno, tentando entender o que faria agora com elas. Decidiu, de imediato, que substituiria os quadros por cortinas sóbrias, e pintaria as paredes depois, quando fosse possível, depois dessa pandemia. Fazia muito tempo mesmo que decidira não viver com ele ,que era uma pessoa irascível, difícil, apesar do romantismo. Nunca imaginou viverem juntos. Ele é que insistiu depois de alugar o imóvel. Venha, venha morar comigo, faremos companhia um ao outro, insistiu, quando ela concordou. Abriram um champanhe e em meio a carícias e afetos resolveram pela permanência, embora sem sonhos nem ilusões. Tiraram as roupas e deitaram-se na cama de mãos dadas, até que os corpos se envolveram, as mãos escorrendo na pele. Depois dançaram, a princípio, com músicas lentas e cálidas. Em seguida seguiram ao som do tango e de antigos mambos de Perez Prado — no tempo em que existiam mambos; um fez striptease para o outro —, até que se banharam e saíram para um jantar à luz de velas. Violinos ao vivo e uma comida saudável. Na volta ao apartamento, juraram que nunca se distanciariam. Juntos para sempre. Um mês depois tiveram a primeira notícia da pandemia, ainda na distante China, e Larissa observou, intimamente, que chegara a hora de sair, sobretudo porque não se adaptava às grosserias do companheiro, que se elegera dono absoluto da casa sem um diálogo razoável, dando-se ao direito de beber litros de uísque, sempre falando alto e reclamando de tudo. Chegaram a trocar cotoveladas no corredor do apartamento e, muitas vezes, teve medo de sofrer agressão física.

Ali parada no meio da sala, observava as paredes. Muito lentamente, estudando cada gesto, foi tirando quadro a quadro. Era preciso que Edgard desaparecesse completamente da sala, até mesmo das mínimas lembranças. Daí a pouco as paredes estavam nuas. E não pode negar que sentiu alívio. Um alívio vazio porque aquilo tudo não a alegrava. Alívio, é verdade, mas não alegria. Numa volta completa do corpo, viu as paredes nuas. Edgard saía definitivamente de sua vida. Nenhum sinal, nenhum traço. Era como se nunca tivesse existido.

Larissa sentou-se no sofá cobrindo o rosto com as mãos. De alguma maneira não gostava do que estava acontecendo. A casa é sempre o bem maior da mulher, lembrava-se de que ouvira de um professor de psicologia. Detestava ouvir o berro de Edgard da manhã cedo, com uma dose muito alta de autoritarismo, quando ele acordava e descobria que ela já havia se levantado:

— Larissa.

Uma vez, uma única vez, e a voz enchia toda a casa. Encontrava-a tomando café, e era como se estivesse ali dentro de sua cabeça, descendo pelo sangue até os pés e voltando para a cabeça num eco grotesco, muito forte. Em geral ela se atormentava mas não saía correndo. Depois ia até o quarto, a passos leves.

— Não precisa fazer escândalo, estou aqui.

No mais, era implicante. Não gostava de nada, reclamava de tudo. Estava sempre na defensiva, sem rir, sem brincar, mesmo quando ela estava de bom humor, o que também era raro, não muito raro, mas raro.

— O café está com pouco açúcar.

— Era melhor que não tivesse nenhum açúcar.

— Então venha tomar. Você sabe que faço o café por amor. Não sou sua empregada.

— É, se está aqui comigo é porque é minha empregada. Pago o aluguel por isso. Você vive com meu dinheiro.

— Fique com ele que não faz falta.

— Sem meu dinheiro, você é quem morre de fome.

— Sai, sai, você está atrapalhando minha refeição.

VIDAS NEGRAS IMPORTAM

Ela, no domínio dos seus nove anos, andava na frente do grupo, os olhos fortes, fixos, usando o vestido verde-claro, discretamente acima dos joelhos, sapatos sem salto, os braços, com punhos cerrados, junto ao corpo. Gritava: Não existe justiça sem paz. Não olhava sequer para os lados, e as pessoas cantavam fortemente com ela, cujo nome era desconhecido, mesmo para os jornalistas que a acompanhavam. Talvez para não incomodar. Foi Cecília quem pediu: Repete a imagem aí.

Incomodar? Quem incomodaria aquela criaturinha gigante? Não, não incomodaria porque ela estava decidida a mudar o mundo. E não se muda o mundo com incômodos frágeis. Ela mesma não tinha tempo a perder. Nenhum tempo. Os seus olhos pareciam dizer, com toda determinação, que a mudança do mundo estava logo ali, logo na primeira esquina, antes de dobrá-la.

Era uma dessas pessoas que dizem assim: Vou mudar o mundo agora. E ninguém vai me incomodar. Aparece depois na janela, dizendo: Pronto, mudei o mundo. Foi o tempo de tomar banho e lavar os cabelos. Mudo o mundo e pronto. Eis a minha arma.

O grupo canta, levanta os braços e os pulsos brilham no ar: Vidas Negras Importam. São centenas de vozes que se transformam num brado de justiça e pedem o fim do racismo. Sobretudo depois que o policial quebrou o pescoço de George Floyd com o joelho, mesmo que o negro tentasse gritar estou sem ar, não consigo respirar.

E mais e mais, o policial branco, quase louro, enfiava o joelho assassino no pescoço daquele que se debatia, se debatia bravamente, sentindo que a morte rondava seu corpo e se espalhava pelo peito sem ar. A menina viu na televisão a imagem desgraçada, e prometia a si mesma que só valia a pena viver enquanto lutasse contra aquilo.

Ergueu o braço. O pulso fechado, a raiva crescente entre os dedos fechados. Disse ao pai a seu lado:

— O sangue está fervendo no pulso...

O pai respondeu:

— Mantenha o objetivo no sangue. Mantenha isso, viu?

— Vou pisar naquele branco...

— Não solte esse pensamento...

— Não precisa me ensinar... fiz minha escolha desde cedo.

— Escolha de quê?

— De matar brancos assassinos...

Ela percebeu que não era hora de conversa. Estava desperdiçando energia, embora despertasse nela algum ânimo. O grupo não se dispersava, marchando com absoluta convicção. Noutras ruas, os grupos se mobilizavam. Cruzavam uns com os outros, muitos se dispersavam, formavam rodas de negros que recebiam reforços, juntavam-se aqui e ali.

Negros, brancos, asiáticos, latinos, europeus, africanos marchavam agora de forma confusa e desalinhada, mas com firmeza, muita firmeza. A Babel da revolta. Muitas faixas e cartazes criticando a ação violenta da polícia, sobretudo com relação aos negros, sempre espancados, maltratados e mortos.

Políticos, estudiosos e jornalistas criticavam a falta de justiça e de democracia deste país, que costumava se declarar a maior democracia do mundo, pura leviandade, com centenas de negros mortos transformados em estatísticas nunca divulgadas.

A menina continuava a caminhar, sempre na frente do grupo, com aquele andar vigoroso, a cabeça levantada e os olhos para a frente, também o braço franzino estava erguido numa demonstração de coragem de menina e líder social. Impressionantes os olhos cheios de raiva e de vingança. Vou gritar e protestar agora, não me digam deixe para depois. Respeitem os negros, respeitem. Estão ouvindo? Vocês estão ouvindo...? Eu tenho meu pulso, eu tenho minha mão fechada... escutem meus dedos ásperos... Escutem...

AS MENINAS LIDERAM O MUNDO (BOM)

Havia o mundo. Vasto mundo, diz o poeta. Vasto e caótico mundo sem voz. Vasto, caótico e doloroso mundo sem voz, com vergonha de ser mundo. Até que elas vieram cheias de luzes, Malala e Greta, as meninas lideram o mundo. Só elas ou só delas. Vieram para organizar este caos. Elas vieram meninas, com a certeza de que deviam dar voz de comando, ainda que não ostensivo, aos silenciados, aos maltratados, aos ofendidos, aos humilhados. Tão humilhados neste mundo de ofensas.

Greta, a pirralha, com seu ar ingênuo de criança inquieta, cruza os mares para enfrentar os poderosos com um rosto assustado, dando lições de amor e de natureza, ela, a própria natureza, derrotando a arrogância de gente desprezível, que desconhece o respeito e o direito.

Sueca, filha de um mundo branco e culto, saiu do seu conforto para luta, e como se combate em favor de uma terra exausta e abatida, também ela humilhada e ofendida, com dificuldades para respirar. Tal como o negro norte-americano pede socorro sufocado pela grosseira que mata em meio aos olhos atormentados do mundo.

Se tortura assim diante dos olhos espantados do mundo, o que este país cruel e desavergonhado faz no escuro das prisões, no espaço pequeno das salas de choque e de espancamento como ensinou as ditaduras da América do Sul, esquartejando jovens e meninos revoltados, hein?, no que parece sermos seu campo de concentração.

Assim mesmo, somos, para os Estados Unidos, um vasto e divertido campo de concentração, com experimentos de tortura, começando com a miséria e a dor, na exploração inconsequente da natureza, envenenando a água e destruindo o campo.

Malala, no seu jeito seguro de olhar e de enfrentar, defende as mulheres e pede escolas, as meninas aprendendo a combater a injustiça masculina, o analfabetismo, o espancamento e a morte.

Que ousadia é esta, hein? O tiro explodiu bem na cabeça de Malala. Menina, sempre menina, estava na van da escola,a bala explodindo na testa de Malala, agora com título acadêmico e tudo, pescoço e peito. Alvejada pela estupidez. Quem mandou ser ousada, hein? Quem é esta que defende as meninas do mundo? Menina, sim, menina sempre, o grito ecoando em todos os lugares:

Um lápis, um caderno, um livro mudam o mundo.

PAIXÃO E REJEIÇÃO

Era um quarto pequeno, sombrio e silencioso. E mesmo assim, um quarto acolhedor. Acolhedor no seu modo de enfrentar a pobreza, com dias de miséria, a dor da miséria se espalhando por toda a casa, sem comida, sem bebida, sem roupas. Apenas uma casa e aquele quarto, mesmo que houvesse outro, outro quarto. Chamado quarto da frente. Um jeito doloroso de viver.

Era mais do que um quarto pequeno, sombrio e silencioso. Um refúgio. Um refúgio como só os miseráveis conhecem. Nos dias de absoluta fome, quando pratos e xícaras batiam vazios, os miseráveis abandonavam a sala onde a fome se expunha na mesa sem toalha, sem marcas de pão, sequer de talheres, e refugiavam-se neste quarto, neste maldito quarto, onde fingiam esquecer a comida.

Nem sino nem badalo, chinelo.

Primeiro entrava a mãe, esfregando uma tolha de pratos nas mãos, depois de arrastar os chinelos pela casa de chão batido, puro barro socado, de certo levantando uma leve poeira pelos cantos, sentava-se num móvel que se esforçava para ser cadeira, toda rasgada, sem forro.

Sempre que a mãe Janice arrastava os chinelos pela casa, o aviso estava dado: não haveria comida naquele dia. Não era um sino nem um badalo, a família sabia muito bem: nem borra de café havia na lata. Ficasse com fome mesmo. Sem jeito, acalentasse a fome. Nem um cafezinho tosco.

Arrastar os chinelos era um sinal definitivo: a miséria estava ali na porta, nem sentada nem de cócoras, de pé, a foice da morte nas mãos. E rindo, miseravelmente rindo. O riso de quem zomba da dor.

Sem esquecer que os quartos da casa também não tinham portas. Nenhuma porta. Às vezes, quando tinha água para lavar, apenas um pano fingindo de cortina. Remendado, muito remendado, lembrando as empanadas mambembes dos circos. Às vezes a família brincava: só falta gritar o palhaço. O palhaço somos nós mesmos, dizia Alecrim, a menina mais nova, quase estudante, porque não ia muito às aulas por falta de roupa, quando a prefeitura não distribuía a farda. Mais nova, nem criança nem adulta, apesar daquele corpo. Uma jovem, costuma-se dizer por aí.

Alecrim acordava assustada, abria os olhos com os ouvidos acesos na expectativa de escutar os chinelos arrastando. Quando aquilo acontecia, puxava o lençol rasgado e cobria a cabeça. Inútil esforço, o chinelo arrastado continuava atormentando. Mãe, pare com esse chinelo. Para quê? O aviso já foi dado. Se não quiser ouvir, não ouça, o aviso já foi dado. Então pare e pronto.

Sem luz e sem comida.

Pronto é esta fome que não passa. É verdade, não passa nunca. Pai não pagou a conta? Pagou, mas assim mesmo cortaram. Quem cortou? A companhia das águas, a gente paga e ela corta assim mesmo. É sempre assim, é sempre assim.

O pior é que a gente paga com o dinheiro da feira e aí fica sem água e sem comida. É o ruim pelo pior, não é, mãe? Mesmo assim, minha filha, é a vida que conhecemos, que conhecemos e que temos.

Se não gostar vá reclamar ao bispo, que tem bons ouvidos e não pode fazer nada. Só reclamar. De preferência, aos berros.

Noutras eras, podia.

Mas a era agora é esta e não pode. Se conforme.

Eu vou passar a vida ouvindo "se conforme"?

Se conforme.

Então, tudo bem.

Enquanto conversavam, o pai, Bonifácio, chegou. Não precisava bater portas, e foi para o quarto, o pequeno quarto silencioso e sombrio, onde despejou as dores, sentado na cadeira que se fingia de poltrona. Ouvira os chinelos ainda bem cedo, mas esperava conseguir alguma coisa no trabalho de condutor de ônibus, onde passava o dia contando dinheiro e passando troco com o dinheiro dos outros, mesmo agora que se pagava com cartões. Um vexame, mas o dinheiro não era seu, e por isso tinha o efeito do vento.

O que desgostava Alecrim não era só a fome, era também o amor. Fome e amor, jogo duro, hein? Ela estava amando, namorando, qualquer coisa assim, como é que se diz? Namorava ou amava, como é mesmo que se diz? Essas coisas não têm nome, qualquer coisa está bem. Então, está bem. Tinha um freje com Severo. Sabe quem é Severo? Ainda não sabe? Começou a namorar Severo por causa de Queijinho, o menino do baile ou do bailinho, tanto faz. Assim, veja se fica claro, Severo é o pai de Queijinho, seu agora primeiro namorado. Passava os fins de semana na casa de Queijinho, não só para namorar, mas para comer mesmo. Comer comida de mesa, você entende, não entende? A princípio relutou muito, não ficava bem passar o fim de semana na casa do namorado só para comer, isso não se faz. Guardou angústia, sofrimento calada, até que se deu conta do amor sincero e verdadeiro que sentia por ele. Se não estava ali, passava os sábados e domingos tristinha, tristinha, não por causa da fome, sentia falta do amor. Sentia falta, sentia muita falta do rapaz. Até que se decidiu, não valia a pena passar os dias no quarto remoendo a falta e a saudade. E ainda ficar sem comer. Aceitou, sim, aceitou o convite. Foi lá. Muitos fins de semana. Tudo o mais não era importante, samba, pagode, visita de artistas famosos, até que chegavam as comidas. E Severo descobriu o motivo. Depois do almoço, no repouso, chegava com os carinhos. Dizia coisas lindas, muitas coisas. Até ofereceu dinheiro. Ela nunca, jamais. Recebeu convite de motéis, jantares, preferia os chinelos da mãe. E ainda mais, preferia os beijos de Queijinho. Preferia assim, e estava decidido. Até que um dia foi. E chorou. Não era só uma questão de dinheiro. Nem de fome.

Foi quando começou a frequentar o quarto, sem o arrastar de chinelos. Nem ouvia mais. Não queria. Sempre sentada na tal cadeira. Cadeira ou poltrona? O destino resolve. Vai que um dia a mãe não arrasta os chinelos, gritou. E foi um grito tão dilacerante que o pai correu para a porta de pano. Por cima do ombro da mulher, viu: o corpo de Alecrim balançava numa corda amarrada no pescoço.

A mãe se lembrava que encontrou a menina chorando à noite. Deitada com o marido, ouviu um soluço e saiu para ver o que estava acontecendo, vestiu um simulacro de camisola e seguiu na direção do quarto. Alecrim estava ali, Alecrim estava chorando.

Volte, mãe, volte, mas tire os chinelos.

Isso quer dizer o quê...?

Isso quer dizer que eu nunca mais vou precisar ouvir...

Não depende de mim, minha filha, não depende...

Mas depende do meu ouvido, não é... Não quero mais ouvido para isso... Eu não sou mais ouvido, minha mãe. Sou alma...

CÉU DE BALAS

Juraram amor eterno diante de Deus. Beijaram-se e receberam flores vermelhas ainda no altar. Escutaram a música, sempre a mesma música, desde que entrelaçaram os dedos e escorreram as mãos pelos corpos. Era o princípio. Conheceram a solidão da ausência, a festa angustiante dos motéis e o silêncio da saudade, para enfim unirem os corpos até que a morte os separe.

Foi quando começou o tiroteio. O táxi acabara de parar na porta da casa em Arcassanta. Abriram a porta, esquivando-se de balas e açoites do vento. Esquivando-se? Imagina. Riam, ainda assim, riam. Somente ali, protegidos pela pequena marquise, vencida a primeira dificuldade, deram-se ao beijo, o beijo, arrancando blusas e paletós, o beijo que suga um ao outro, desnudando-se diante daquele que seria o primeiro momento da eternidade.

Seguiram para o quarto, mas Adílio fez sua primeira parada estratégica — abriu o cinto, a calça apertava as coxas abertas — no frigobar para abrir a champanhe gelada no prazer das risadas, os dois agarrados tentando segurar a calça de Adílio, naquela confusão do segura, solta, solta, segura, até que Arlinda caiu com as pernas abertas para o alto. Risadas, risadas, risadas ao som persistente de metralhadoras e rifles lá fora, na noite escura e tenebrosa, já agora lambuzados do bolo que comiam com as mãos, sem pratinhos. Sujando os dedos e as costas das mãos, misturados ao sabor da bebida que caía pelos cantos dos lábios. E ainda beijavam-se. Como? Beijavam-se. Beijos de sabores misturados. Beijo que beijo, beijo, açúcar, champanhe, espumante, beijo, beijo, beijos, sob o rap que o noivo gostava de cantar, batendo com as mãos, batendo com os pés, beijo, que beijo, beijo. Risadas, muitas risadas, gargalhadas. E as balas estalando nos telhados... de véu e grinalda... coisa mais estranha véu e grinalda... brincavam, brincavam de dedos, brincavam de mãos, brincavam de beijos, brincavam...

Uma alegria de quem sabe amor com dor. E mais do que rimar, sabiam que são juntos, amor e dor, o mesmo. Só não queriam imaginar, um instante que fosse, amar/atirar nem conhecer o céu de balas cortando o escuro da noite, cruzando-se. A noite do céu estrelado de balas, gritos e gemidos. Ai. Não era uma noite de toda estranha, uma noite igual, tantas, tantas iguais. Costume viver aquilo. Muitas noites de tiroteio. E dias. Todos os dias. Sábados e domingos. Feriados, dias santos. Um vai, uma noite vem e o tiroteio ali, persistente. Os homens, milicianos, traficantes, policiais comia e bebiam bala. Dormiam balas. E amavam balas. Amam balas, amam-se. Entre mulher e bala preferem balas. Simples assim.

Os dois quietos, abraçados nus. Nus. Os dois. Que preferem? Sabendo-se em perigo, em risco. Gosto de sangue na garganta. O grande e sempre perigoso risco do amor. Lentos, agora só prazer. Adílio acarinhando o corpo da mulher dengosamente deitada sobre o lençol de linho branco que comprara fazia um ano, um ano ou quase, na butique da Jussara. As duas dizendo é uma ansiedade tão grande. Rindo. As mulheres riam fácil, tão fácil. Pra que fazer o que já está feito? Não, pra viver juntos, no mesmo teto, na mesma respiração, juntos, juntos. Nesta noite, num teto cruzado de balas. Mesmo que não fosse novidade. Arlinda gemendo sob as mãos, tão fortes e tão ásperas, as mãos de calor e ânimo. Deixando-se dominar e fechando os olhos. Virando-se. Agora ele podia acalentar seus seios. Os seios esvaindo-se em calor, em suor. Este calor que se expandia agora, que a possuía, expandindo-se, que não lhe dava vontade de sorrir, só gemer, ai, gemendo, queria tanto dizer alguma coisa, agradecer, simples-mente, gemer agradecimento, de paixão, de amor e dor, insistia, mas o medo de quebrar esse silêncio de amor a inquietava. Não dizer, assim, não dizer nada. Compreendeu que não podia, não devia e, sobretudo, não queria. Sim, era isso, não queria. Queria apenas ficar quieta. Com essa calma que ilumina a carne. Sim, nem queria pensar. Iluminada — era assim que se sentia e nem queria dizer. E não queria dizer, nem sequer pensar. Ficar apenas sentindo as mãos, tanto desejara aquelas mãos. Moveu a sua mão, a mão dela. Encontrou o corpo de Adílio, ele está só. Move um pouco mais e sente-se reconfortada, deve ser a coxa, deve ser esta a coxa dele, com pelos, com muitos pelos a provocar prazeres, assim como o prazer surge saindo do sangue para a pele e da pele para o encanto.

Arlinda ergue o braço direito. Vai em busca do ombro de Adílio. O silvo da bala vem antes do estrondo, mas ela não desiste. E é tudo que quer agora, enlaçar o ombro do amado. Levanta o corpo ainda deitado na cama, os seios batem no busto, na pele dele. E, enfim, os lábios, os beijos, suaves, quentes.

Os corpos se abraçam completamente, inteiramente, definitivamente. Relaxam, quebram a tensão, mesmo que os tiros continuem, e há explosões, muitas explosões além do ra-tá-tá-tá de metralhadoras — não seria de todo mal ouvir Rolling Stones com garoto ou sem garoto, o garoto é Adílio. Foi quando sentiu o beijo chegando. Retribuiu. Ele retribuiu. O peito sujo de massa de bolo e de açúcar. O beijo, ainda assim, foi surpresa e não susto. Distraído do amor. A noite os torna únicos, lambuzados de amor e bolo, amor e bala.

O dia se avizinha, o sol acende, mas eles não precisam do dia, nem dos dias.

JUDÁ, A HISTÓRIA

Eu fiz que fui e não fui, terminei fondo. Esta foi a explicação que Judá teve para aquele gol fantástico que deu a seu clube, pobre clube, o Cruzeiro da Serra — muitas vezes chamado de pior time do mundo nos tempos de ouro do futebol. É aquele mesmo jogador que ficou abismado quando soube que o avião em que viajava estava a mil e oitocentos pés de altura, mesmo sem definir o que era pés. "Eu sabia que o Brasil era grande, mas alto assim." Indiscretos, os jornais divulgaram o espanto do jogador com graça e amargura, naquele tempo em que a imprensa resumia-se quase inteiramente ao impresso. Palavra escrita tinha valor. Sem esquecer aquele outro domingo quando o repórter lhe perguntou na saída do estádio: O que você achou do jogo? E ele respondeu: "Eu mesmo não achei nada, não, mas o centroavante achou um trancelim".

Na concentração, só redes e sanduíches num canto esquecido do mato, distraia-se com um livro na mão, sempre sentado na cadeira de folhas de coqueiro no retiro de um quarto isolado. No que era interpelado pelo zagueiro curioso:

— Está lendo o quê?

— Um livro de poesias?

— O quê? Você lendo poesias? Não sabia que se interessava por isso.

— Este livro ganhei ainda no colégio, foi o professor que me deu.

— E que livro é este?

— *As véias da noite.*

— Mostra.

Gargalhada.

— Não, Judá, não. Não é *As véias da noite.* Chama-se *As veias da noite.*

Inquieto e revoltado, Judá gritou:

— É por isso que faz anos e anos que leio este livro e não encontro as véias. Só encontro palavras.

— Mas por que o professor lhe deu o livro?

— Porque ganhei um concurso de oratória.

— O quê? Você ganhou um concurso de oratória? Não é possível.

— Foi muito bonito, você não sabe. Enquanto eu falava, os professores riam muito. Depois perguntei a um amigo: "Por que eles riem?". Era um discurso revolucionário. Eles riam todas as vezes que você dizia: "O povo *vevi*".

O zagueiro folheou o livro apressado:

— Não se preocupe, amigo. A gramática é a gente quem faz. Nunca se esqueça.

Judá recebeu o livro de volta e se sentou na poltrona de vime. Estava inquieto, mas compreendendo, afinal, por que não conseguia estudar e completaras tarefas.

No Cruzeiro ele não tinha contrato. Havia para todos os jogadores apenas um contrato informal. Jogava-se por um prato de comida. Aliás, por um prato de comida ele jogava em várias equipes. Bastava o aviso: domingo a gente joga, aparece. Era uma irregularidade que as autoridades procuravam desconhecer e os empresários aproveitavam para alugar passes e ganhar muito dinheiro. Os clubes acumulavam dívidas e Judá afundava. Houve caso de jogador que se vendia ao adversário em plena partida, por um sanduíche. A miséria do futebol nem sempre chega à mídia. E não é pouca. Dirigentes e empresários desfilam em carros de luxo, enquanto os jogadores cospem sangue.

Nas partidas finais do campeonato Judá fez gols e conheceu a glória com direito a almoço e jantar para a família — mulher e filho —, por causa dos dois gols marcados no jogo classificatório, um deles no minuto final, depois de um empate brigado e com muita reclamação. Bola cruzada na área e ele, um magrinho com um metro e meio de altura, subiu entre os dois zagueiros grandalhões e cabeceou firme em meia altura, marcando o gol sem tempo para reação, no canto direito do goleiro, que não saiu para interceptar a bola junto com os zagueiros. Ganhou um jantar no boteco, com direito a cerveja.

A infelicidade veio depois, quando perdeu um pênalti na decisão. Partida zero a zero e ele decidiu dar um toquinho no meio do gol mas o goleiro não saiu e agarrou fácil. Naquela noite, campeonato conquistado, foi o goleiro Marcão quem jantou com a família, sem cerveja, porque não bebia. Judá foi apedrejado na calçada da casa do empresário quando procurava um trocado para a comida.

— Apedrejado e apanhado — disse à mulher em casa —, só por causa de um pênalti.

A mulher gritou, nervosa de fome.

— Por causa do campeonato perdido. Você não entende, você não entende, idiota, você jogou fora o campeonato. O esforço de um ano inteiro.

— Mas eu fiz tantos gols o ano inteiro, levei o time à final, não foi?

— E perdeu o pênalti. Vai ser apedrejado pelo resto da vida, bem feito. Agora vamos procurar alguma coisa pra comer. Você vai passar a vida inteira procurando o que comer, Judá, sem encontrar. Não vai comer nunca mais. Nem resto de feira.

— É uma praga?

— Não sei, ainda não decidi, mas nós vamos morrer de fome. É uma pena que você viverá sempre comigo.

— Marina, vamos morrer abraçados.

— Comigo ou sem migo, vamos morrer de fome.

ÍNDIA NOTURNA

Ouvia os próprios passos quando entrou na rua escura e vazia, a sensação de que encontrara o amor. Finalmente. Surpreso com o convite para encontrá-la naquela rua onde passara com ela a infância. Venha, Camila dissera, estou pronta, e só. É um sonho de muitos anos, você sabe, estou indo agora. Fechou o livro, andou pela sala, a emoção latejando na alma, até que tomou banho, vestindo-se rápido. Mas não queria ofegar de pressa. Nem lentidão. Nem sequer lerdeza. Assoviava ao entrar no carro.

O carro de Camila estava parado embaixo de um pé de algaroba, o que aumentava a escuridão e contribuía para o silêncio. Remígio se aproximou voluntariosamente, embora com cautela. Preferiu o lado da motorista, onde podia ver o busto e a cabeça de Camila, ligeiramente deitada para a esquerda. Foi quando ouviu, no rádio do carro ligado, a guarânia índia cantada em português... índia a tua imagem, sempre comigo vai... então perdeu o fôlego e soprou um oi, quase um suspiro. Aproximou-se bem mais e colocou a mão no ombro da moça.

Morta, está morta... Disse o homem, que lhe pareceu o delegado, acabando de chegar numa viatura da polícia, com dois auxiliares. Parece que foi um assalto, continuou, porque não há sinal de armas por aqui, nem mesmo na bolsa. O senhor se afaste, por favor. Tem parentesco? É uma longa história. Então se retire e não se aproxime mais. Tudo bem.

Afastou-se e se sentou no meio-fio da calçada oposta. Decepcionado. Afinal, esperara o reencontro e quem sabe ainda uma noite de amor, em meio a vinhos e música. Ela chegara mais cedo, e com certeza fora surpreendida por um bandido. Não queria duvidar. E por que duvidar? Conforme o delegado, fora apenas um tiro, um tiro no ouvido.

Que faz uma mulher morta ouvindo música? Voltou a escutar a guarânia. Uma voz romântica dessas tristes, soturnas e distantes? De antigamente. Os olhos molhados, sem soluços nem lágrimas escorrendo pelo rosto. Só então desconfiou que um dos auxiliares do delegado aumentara o som do rádio. Coisa estranha.

Tentou se levantar para abraçá-la mesmo morta. Talvez um pouco de carinho, desde o início: telefonema, a voz tão amada, a distância, o tempo. Tudo isso numa noite só. E mais, muito mais, a morte. Curiosa morte. E rua escura, a música escorrendo pelo ouvido feito o sangue em Camila, que ele nem vira direito, talvez beijar os cabelos, afagá-la.

A música terminando e agora um grilo a cantar. Intermitentemente. A noite entrava na madrugada. Não queria, Remígio não queria lembranças. Recusava-se a embalar sonhos acabados. Talvez não fosse romântico, a própria Camila lhe dissera. Ou suficientemente romântico. Sonhador, qualquer coisa assim, acreditava. Mas essas coisas de lembranças se manifestam involuntariamente. E vieram chegando, chegando, as lembranças.

Foi que um dia, logo cedo da manhã, ouviu o pedido da irmã: meu filho, vá ali no sobrado e peça uma xícara de sal, estamos sem sal, meu filho, vá e volte logo. Assim foi, correndo, sempre correndo, subiu os degraus aos pulos. Empurrou a porta e estava ali.

Todos, todos estavam nus, pai, mãe, irmãos, irmãs, convidados, empregadas, sem nada, sem nada, nus, um espetáculo. Para enfrentar o calor de Arcassanta, disseram depois em voz alta. E jogavam baralhos. Não havia beijos nem abraços. Só nudez. Quem sabe uma mãozinha escorrendo na coxa, ou um beliscão por baixo da toalha. Fechou os olhos, teve medo de ofender. Voltou correndo, que lhe importava agora uma xícara de sal? Que foi, menino, viu alma? A irmã perguntou quando entrou casa adentro, temendo que estivessem nus, novamente. E o sal? Que sal? Você está ficando louco? Foi a vez dele também ficar nu, um menino de nada. Tirou camisa, calção, cueca. Prevenindo-se para não escandalizar. As mãos escondendo os bagos. E não ficou feliz quando ouviu: agora vá buscar o sal.. Pensou, pensou muito em revelar a visão, mas seria chamado de mentiroso e preferiu se calar. Desta vez não correu, subiu degrau a degrau a escada, aproveitando para descansar um pouco.

Não precisou sequer abrir a porta, o mesmo espetáculo já estava à sua frente, mas a mulher gritou: O que que você quer aqui, menino? Não tem vergonha de andar assim nuzinho, não? Nem parece que tem família. Acanhado, se encostou na parede.

Precisou de algum tempo e contou o que estava fazendo ali. Imediatamente a empregada lhe entregou a xícara. Agora não tinha pressa. E até lhe fazia bem um tanto de lerdeza. Caminhando, caminhando...

Essas lembranças assim sem jeito vieram enquanto esperava no necrotério, vestido em terno escuro, pela liberação do corpo da moça, já no meio da manhã seguinte. Aí ficou sabendo, suicídio. Cansado, sonolento, cabelo assanhado, gosto de sono na boca, caminhava com a certeza de que as coisas acontecem assim, assim. E correu, corria muito para chegar em casa, nem quis o elevador, na sala tirou a roupa, o terno e as meias, e foi para o banheiro, nu, agora nu, precisava ficar nu para pensar em Camila. Sempre que pensava nela estava nu. Era assim.

SOBRE O AUTOR

RAIMUNDO CARRERO nasceu em dezembro de 1947 na cidade de Salgueiro, sertão de Pernambuco, e é um dos autores mais premiados do Brasil. Conquistou os prêmios Jabuti em 2000; Prêmio São Paulo em 2010; o prêmio APCA em 1995 e 2015; o Machado de Assis em 1995 e 2010; Prêmio Revelação do ano, em 1997, da Secretaria Estadual de Cultura do Rio Grande do Sul; prêmio José Condé em 1984; e prêmio Lucilo Varejão em 1986. Foi finalista, em 2016, do Prêmio Cabert, da França, com *Sombra severa*, também publicado pela Iluminuras.

Tem obras traduzidas na França (*Bernarda Soledade* e *Sombra severa*), na Romênia (*Bernarda Soledade, Sombra severa* e *Minha alma é irmã de Deus*), no Uruguai (*Minha alma é irmã de Deus*) e na Bulgária (*Bernarda Soledade*).

Sua obra foi objeto de dois doutorados — *Raimundo Carrero e a estética do redemunho*, de Cristhiane Amorim, pela UFRJ; e *Raimundo Carrero e a pulsação narrativa*, de Priscila Medeiros Varjal, pela UFPE — e de três mestrados — *Somos pedras na angústia*, de Auríbio Farias; *Raimundo Carrero e a banalização da violência*, de Elcy Cruz; e *A vingança da culpa*, de Maria dos Santos, todos pela UFPE.

CADASTRO
ILUMINURAS

Para receber informações
sobre nossos lançamentos e
promoções, envie e-mail para:

cadastro@iluminuras.com.br

Este livro foi composto em *Scala* pela Iluminuras e terminou de ser impresso em 2019 nas oficinas da *Meta Brasil gráfica*, em Cotia, SP, em papel off-white 80 gramas.